Wang Zengqi
Selected Works

《汪曾祺别集》编辑委员会

顾问：汪　明　汪　朝
主编：汪　朗
编委：苏　北　龙　冬　顾建平　徐　强
　　　陶庆梅　杨　早　凌云岚　王树兴
　　　宋丽丽　汪　卉　齐　方　李建新

汪曾祺别集

汪　朗 主编

人寰速写

宋丽丽 编

浙江文艺出版社

作者,摄于二十世纪八十年代末

一九四八年,作者与夫人施松卿在北京

一九九二年,作者与夫人施松卿在蒲黄榆家中

作者下厨做菜招待客人

出版说明

二○二○年是作家汪曾祺先生诞辰一百周年。为纪念汪先生，我们编选了这套《汪曾祺别集》。

汪曾祺的老师沈从文先生辞世后，家属借岳麓书社提议出版沈先生作品的机会，与吉首大学沈从文研究室合作，编选了一套二十册袖珍本集子，并根据汪曾祺先生的建议，定名为《沈从文别集》。这套选本款式朴素大方，编选方面的特别处在于，除了旧作，每本书前面增加了一些杂感、日记、检查、书信，以帮助读者更全面地理解作者和他的作品。

《汪曾祺别集》即参照《沈从文别集》的体例，从目前所见的汪曾祺全部作品中精选出二十册小书，在纪念汪先生的同时，向沈先生致敬。

本书大致依体裁、主题分集,希望在编辑、校订方面尽可能精审,遵循的基本原则如下:

一、以初版本或作者改订本为底本,参校以初刊本,作者手稿、手校本。不论所据底本为何种形式,全书统一为简体横排,标点符号统一为新式标点。

二、底本误植处,据校本或上下文可明确推断所误为何,由编者径改;底本与他本相抵牾而无法判断者一仍其旧。

三、可见作者习惯的异体字不做改动;通假字,侧重记音的方言用字,象声词,及外国人名、地名译法,仍存旧貌;意义完全相同的同一字,及同一人、地、物名,在同一篇内保持一致。

四、在早期作品中,作者习惯使用或现代文学创作中尚不规范的"的"、"地"、"得"、"做"、"作"、"那"、"哪"等词用法,不强做规范处理。

五、全书中的数字,除特殊情况外,统一为中文数字形式。

六、题注、收信人简介以仿宋体排于篇首页页下。正文中作者原注和编者注均以脚注形式标在当页。作者原注排为宋体;编者所做的必要注释以"编者注"字样标出,排为仿宋体。

七、独立成段的引文统一使用仿宋体，另行起排，段首缩进两字。

八、每篇文章的题注以脚注形式标在篇首页，排为仿宋体。所注信息包括初次发表时间、报刊名（初刊），初版图书名（初收）等。涉及的初版图书包括以下版本：

《邂逅集》，文化生活出版社一九四九年四月版；

《羊舍的夜晚》，中国少年儿童出版社一九六三年一月版；

《汪曾祺短篇小说选》，北京出版社一九八二年二月版；

《晚饭花集》，人民文学出版社一九八五年三月版；

《汪曾祺自选集》，漓江出版社一九八七年十月版；

《晚翠文谈》，浙江文艺出版社一九八八年三月版；

《茱萸集》，联合文学出版社一九八八年九月版；

《蒲桥集》，作家出版社一九八九年三月版；

《旅食集》，广东旅游出版社一九九二年四月版；

《世界历史名人画传·释迦牟尼》，江苏教育出版社一九九二年七月版；

《汪曾祺小品》，中国人民大学出版社一九九二年十月版；

《中国当代作家选集丛书·汪曾祺》，人民文学出版社一九九二年十二月版；

《汪曾祺散文随笔选集》，沈阳出版社一九九三年六月版；

《菰蒲深处》，浙江文艺出版社一九九三年六月版；

《榆树村杂记》，中国华侨出版社一九九三年九月版；

《草花集》，成都出版社一九九三年九月版；

《汪曾祺文集》（五卷），江苏文艺出版社一九九三年九月版；

《塔上随笔》，群众出版社一九九三年十一月版；

《中国当代名人随笔·汪曾祺卷》，陕西人民出版社一九九三年十二月版；

《矮纸集》，长江文艺出版社一九九六年三月版；

《逝水》，中国青年出版社一九九六年三月版；

《独坐小品》，宁夏人民出版社一九九六年十一月版；

《去年属马》，北京燕山出版社一九九七年八月版；

《中国当代才子书·汪曾祺卷》，长江文艺出版社一九九七年九月版；

《汪曾祺全集》（八卷），北京师范大学出版社一九九八年八月版；

《汪曾祺全集》（十二卷），人民文学出版社二〇一九年一月版。

题注中只列上述书名,不另标注出版时间和出版社名;《汪曾祺全集》以"北师大版"和"人民文学版"作为区分。

虽已竭尽全力,本书仍可能存在各种问题,期待读者诸君批评指谬。

《汪曾祺别集》编辑委员会
二〇一九年十二月六日

总　序

别集，本来是汪曾祺为老师沈从文的一套书趸摸出的名字，如今用到了他的作品集上。这大概是老头儿生前没想到的。

沈先生的夫人张兆和在《沈从文别集》总序中说："从文生前，曾有过这样愿望，想把自己的作品好好选一下，印一套袖珍本小册子。不在于如何精美漂亮，不在于如何豪华考究，只要字迹清楚，款式朴素大方，看起来舒服。本子小，便于收藏携带，尤其便于翻阅。"这番话，用来描述《汪曾祺别集》的出版宗旨，也十分合适。简单轻便，宜于阅读，是这套书想要达到的目的。当然，最好还能精致一点。

这套书既然叫别集，似乎总得找出点有"别"于"他集"的地方。想来想去，此书之"别"大约有三：

一是文字总量有点儿不上不下。这套书计划出二十本，约二百万字。比起市面上常见的汪曾祺作品选集，字数要多出不少，收录文章数量自然也多，而且小说、散文、文学评论、剧本、书信等各种体裁作品全有，可以比较全面地反映他的创作风格。若是和人民文学出版社新近出版的《汪曾祺全集》相比，《别集》字数又要少许多。《全集》有十二卷，约四百万字，是《别集》的两倍，还收录了许多老头儿未曾结集出版的文章。不过，《全集》因为收文要全，也有不利之处，就是一些文章的内容有重复，特别是老头儿谈文学创作体会的文章。汪曾祺本不是文艺理论家，但出名之后经常要四处瞎白话儿，车轱辘话来回说，最后都收进了《全集》。这也是没办法的事情。《别集》则可以对文章进行筛选，内容会更精当些。就像一篮子菜，择去一部分，品质总归会好一点儿。

二是编排有点儿不伦不类。这套书在每一本的最前面，大都要刊登老头儿几篇与本书有点儿关联的文章，有书信，有序跋，还有他被打成右派的"罪证"和下放劳动时写的思想汇报。在正文之前添加这些"零碎儿"，可以让读者从多个角度了解汪曾祺其文其人。这种方式算不得独创，《沈从文别集》就是这么编排的，只是一般书很少这么做。也算是一别吧。

再有一点，是编者有点儿良莠不齐。这套书的主持者，以五十岁左右的中年人居多，他们大都对汪曾祺的作品有着深入了解，也编过他的作品集。有的当年常和老头儿一起喝酒聊天，把家里存的好酒都喝得差不多了；有的是专攻现当代文学的博士；有的被评为"第一汪迷"；有的参加过《汪曾祺全集》的编辑；有的对他的戏剧创作有专门研究……这些人能够聚在一起编《汪曾祺别集》，质量当然有保证。其中也有跟着混的，北京话叫"塔儿哄"，就是汪曾祺的孙女和外孙女。她们对老头儿的作品虽然有所了解，但是独立编书还差点儿火候。好在大事都有专家把控，她们挂个名，跟着敲敲边鼓，不至于影响《别集》的质量。

这套《汪曾祺别集》是好是坏，还要读者说了算。

汪　朗
二〇一九年十月二十五日

目 录

序跋选

《榆树村杂记》自序 ———— 1

《草花集》自序 ———— 3

《塔上随笔》序 ———— 6

实用文选

报告 ———— 8

推荐词二篇 ———— 9

"首届文汇报文艺奖一九八八年度文学新人"评语 ———— 11

书信选

致林靓月 一九九六年一月三十日 ─── 13

致《钱江晚报》 一九九六年一月三十日 ─── 14

散文选

城隍·土地·灶王爷 ─── 15

八仙 ─── 29

水母 ─── 43

罗汉 ─── 50

贾似道之死

——老学闲抄 ─── 55

建文帝的下落

——滇游新记 ─── 63

杨慎在保山 ─── 67

太监念京白 ─── 72

徐文长的婚事 ─── 75

继母 ─── 82

早茶笔记 ─── 86

吴雨僧先生二三事 ─── 91

和尚 —— 95

赵树理同志二三事 —— 101

未尽才
——故人偶记 —— 107

哲人其萎
——悼端木蕻良同志 —— 113

一代才人未尽才
——怀念裘盛戎同志 —— 118

铁凝印象 —— 127

贾平凹其人 —— 132

关于于会泳 —— 135

散文五题 —— 139

一辈古人 —— 146

吴大和尚和七拳半 —— 156

地质系同学 —— 161

炸弹和冰糖莲子 —— 166

老董 —— 168

人间草木 —— 173

晚年
——人寰速写之一 —— 179

傻子
——人寰速写之二 —— 183

大妈们
——人寰速写之三 —— 186

闹市闲民 —— 192

二愣子 —— 196

玉烟杂记 —— 200

四僧 —— 205

月亮 —— 209

后台 —— 211

秘书 —— 216

记梦 —— 218

汪先生热爱的人间 ——— 宋丽丽 221

《榆树村杂记》自序

我住的地方名叫蒲黄榆,是把东蒲桥、黄土坑、榆树村三个地名各取其一个字拼合而成的。东蒲桥原来有一座桥,后来在原处建了很大的立交桥,改名为玉蜓桥,据说从飞机上看,像一只大蜻蜓。我没有从飞机上看过,不知道像不像,只觉得是绕来绕去的一座大桥。黄土坑在我搬来的时候就只剩下一个地名,那一带全是店铺,既无黄土也无坑。榆树村六七年前还在,就在我们住的高层楼的对面。是个村子。从南边进去,老远就闻到一股很重的酸味,那是在煮猪食。附近有一个养猪场。有一条南北向的不宽的柏油路。路西住的多半是工厂的工人,每天可以看到一些男女青年骑自行车上下班。有一家喂养了二三十只

---

* 初收于《榆树村杂记》。

火鸡,有个孩子每天赶它们出来吃菜叶子。跟这个孩子闲聊,知道养火鸡是很来钱的。往北,有一个出卖花木的小林场。有一座小庙,外形还像一座庙,檐牙翻翘,墙是涂红了的。庙好像是跟马有关系的,当初这地方大概养过马。现在庙里已经住了人家了,不好进去看。柏油路的东边是一片菜地,菜地东边一溜,住的都是菜农。我隔一两天就到菜畦旁边走走。人家逛公园,我逛菜园。逛菜园也挺不错,看看那些绿菜,一天一个样,全都鲜活水灵,挺好看。菜地的气味可不好,因为菜要浇粪。有时我也蹲下来和在菜地旁边抽烟休息的老菜农聊聊,看他们怎样搭塑料大棚,看看先时而出的黄瓜、西红柿、嫩豆角、青辣椒,感受到一种欣欣然的生活气息。

现在菜地和菜农和房子都没有了,榆树村没有了,成了方庄小区,高楼林立,都是新建的。我再没有菜园可逛了。

我的这些文章都是在榆树村对面的高楼里写的,故将此集名为《榆树村杂记》。

是为序。

一九九三年三月二十四日

《草花集》自序

我曾给《中国作家》画了一幅画,另题了一首诗。诗如下:

我有一好处,

平生不整人。

写作颇勤快,

人间送小温。

或时有佳兴,

伸纸画暮春。

草花随目见,

鱼鸟略似真。

只可自怡悦,

---

* 初收于《草花集》。

不堪持赠君。

君若亦欢喜，

携归尽一樽。

"草花"需要作一点解释。"草花"就是"草花"，不是"花草"的误写。北京人把不值钱的，容易种的花叫"草花"，如"死不了"、野茉莉、瓜叶菊、二月兰、西番莲、金丝荷叶……"草花"是和牡丹、芍药、月季这些名贵的花相对而言的。草花也大都是草本。种这种花的都是寻常百姓家，不是高门大户。种花的盆也不讲究。有的种在盆里，有的竟是一个裂了缝的旧砂锅，甚至是旧木箱、破抽屉，能盛一点土就得。辛苦了一天，找个阴凉地方，端一个马扎或是折脚的藤椅，沏一壶茶，坐一坐，看看这些草花，闻闻带有青草气的草花的淡淡的香味，也是一种乐趣。我的散文多轻贱平常。因为出版社要求文章短小，一些篇幅较长，有点力量的散文都未选。于是这个集子就更加琐碎了。这真像北京人所说的"草花"，因名之为《草花集》。

散文是"家常"的文体，可以写得随便一些。但是散文毕竟是散文。我并不赞成什么内容都可以写进散文里去，什么文章都可以叫做散文，正如草花还是花，不是狗尾巴草。我这一集里的文章可能有一些连草花也够不上，只是一把狗尾巴草。那，就请择掉。

一九九三年六月二十一日

《塔上随笔》序

北京人把高层的居民楼叫"塔楼"。我住的塔楼共十五层,我的小三居室宿舍在十二层,可谓高高在上。住在高层有许多缺点。第一是不安静。我缺乏声学常识,搬来之前,以为高处可以安静些,岂料声音是往上走的,越高,下面的声音听得越清楚。窗下就是马路。大汽车、小汽车,接连不断。附近有两个公共汽车站,隔不一会,就听见售票员报站:"俱乐部到了,请先下后上"。"胡敏!胡敏!""牛牛,牛牛,牛牛……"不远有一个内燃机厂,一架不知是什么机器,昼夜不停地一个劲儿哼哼。尤其不好的,是"接不上地气"。

我这些文章都是在塔楼上写的,因名之为《塔上随

---

* 初收于《塔上随笔》。

笔》，别无深意。没有哲理，也毫不神秘。

这些文章的缺点也正是接不上地气，——和现实生活的距离比较远。

我实在分不清散文、随笔、小品的区别。

散文是一大类，凡是非小说的，用散文形式写的文章，都可说是"散文"。什么是"随笔"？我隐隐约约地觉得游记、带点学术性的论文，像我写过的《天山行色》、《花儿的格律》，不能说是随笔。因此这一类的文章，本集都没有选。随笔大都有点感触，有点议论，"夹叙夹议"。但是有些事是不好议论的，有的议论也只能用曲笔。"随笔"的特点恐怕还在一个"随"字，随意、随便。想到就写，意尽就收，轻轻松松，坦坦荡荡。至于"随笔"、"小品"，就更难区别了。我编过自己的两本小品，说是随笔，也无不可。

近二三年散文忽然兴旺起来，当时我很高兴。听说现在散文又不那么"火"了，今年下半年已经看出散文的势头有点蔫了。我觉得这也未始不是好事。也许在冷下来之后，会出现一些好散文，——包括随笔、小品。

一九九三年十月四日

报 告

请准予补发工作证。

我的工作证记得是放在家里,但最近翻箱倒柜,一直找不到。我因急用(有一笔较多的稿费待取),需要工作证,特请予补发。

我生性马虎,常将证件之类的东西乱塞,今后当引以为戒。

汪曾祺

一九八二年七月二十八日

---

* 据作者手稿,初收于人民文学版《汪曾祺全集》第十一卷。

推荐词二篇

一

作品多表现江南水乡生活,满纸泥香水气,很有特点。文笔清秀可读。作者在语言上探索,而且解决了一个吴语地区作家不易解决的问题:即普通话和吴语的融合。据我所知,能使语言为全国读者接受,而又保存吴语的韵味如徐卓人者,尚属少见。故愿介绍她入会。

---

* 一是一九九三年春作者给苏州作家徐卓人写的加入中国作家协会推荐词,见于《从作家到大文化建设——访女作家徐卓人》,初收于人民文学版《汪曾祺全集》第十一卷;二是一九九五年底作者为莫言《丰乳肥臀》参评首届"大家·红河文学奖"所写推荐词,初收于人民文学版《汪曾祺全集》第十一卷。

二

这是一部严肃的、诚挚的、具有象征意义的作品，对中国的百年历史具有很大的概括性。

这是莫言小说的突破，也是对中国当代文学的一次突破。

书名不等于作品，但是书名也无伤"大雅"。"丰乳"、"肥臀"，不应该引起惊愕。

"首届文汇报文艺奖一九八八年度文学新人"评语

海昨天退去(杨志军)

写一群在难以想象的恶劣条件下,在青藏高原铺设输油管线的工程兵的悲惨生活和他们的悲惨的死。他们要去征服自然,结果却被自然征服,并被毫无心肝的社会遗弃,摧毁。这是一场历史性的悲剧。作家笔下随处带有炽热的抒情和深邃的、愤怒的思索。这是一个震撼人心的少见的佳作。

＊据作者手稿。

伏羲伏羲（刘恒）

写性的饥渴，性的奔放，性的接近圣境的欢乐以及在经济的、社会的、习俗的、观念的碾压之下，正常的、壮丽的情欲怎样被扭折，被撕碎。但这不是一般意义上的性小说。它不引起读者官能的刺激，而是引人对性枯萎现象深思。这是一声沉郁的呼喊：怎样医治我们这个民族性衰退以至整个民族的衰退？

少将（乔瑜）

小说写一群测绘兵从新兵到下连的生活。其中的少将，是一个彻头彻尾、彻里彻外的虚伪的人。这是多年来纯粹形式主义的政治思想工作的教人伪善的教义所造就一个正常的怪物。这样的怪物随处可见，但还没有人写过。作者的语言极有青春气息和幽默感，但不流于轻佻和玩世不恭。

　　　　　　　　　　汪曾祺　三月二十五日
　　　　　　　　　　评语如不需署名，请裁去。

致林靓月[1]　一九九六年一月三十日

靓月：

收到信，十分高兴。

"春来酒家"是为你写的，原件当然应该归你，怎么会由泽雅区委拿去呢？我写一简单的信，你可拿了我的信向区委要回来。

又，我给《钱江晚报》写的关于泽雅的文章共有三篇，其中第二篇《月亮》是写你的。我把你的姓记错了，写成"陈靓月"，你可和《钱江晚报》联系一下，请他们改过来。我也写一短信给他们，只是我不记得是谁拿去了，你去打听一下。

汪曾祺
一月三十日

---

[1] 林靓月，生平未详，浙江温州人，时为温州泽雅宾馆服务员。

致《钱江晚报》 一九九六年一月三十日

《钱江晚报》：

我写的关于泽雅的短文，第一篇已发，谢谢。第二篇《月亮》闻亦将发。第三篇《瓯海修海堤记》交给了林斤澜，他会复印了寄给你们。

兹有一事相恳：拙文《月亮》写的那个小女孩叫"林靓月"，我误记她姓陈，请改正过来。

麻烦了！

            汪曾祺　顿首
            一月三十日

城隍·土地·灶王爷

城隍,《辞海》"城隍"条等云:"护城河",引班固《两都赋序》:"京师修宫室,浚城隍,起苑囿,以备制度。"既说是浚,当有水。但同书"隍"字条又注云:"没有水的护城壕。"到底是有水没有水?姑且不去管它。反正,城隍后来已经成为神。说是守护城池的神也可以,更准确一点,应说是坐镇一方之神。据《辞海》,最早见于记载的为芜湖城隍,建于三国吴赤乌二年。北齐慕容俨在郢城建城隍神祠一所。唐代以来郡县皆祭城隍。后唐清泰元年封城隍为王。宋以后祀城隍习俗更为普遍。明太祖洪武三年正式规定各府州县的城隍神,并加以祭祀。为什么历代

------

* 初刊于《中国文化》一九九一年春季号(总第四期),初收于《汪曾祺小品》。

这样重视城隍,以至朱元璋于立国之初就为此特别下了一个红头文件?

乾隆十七年,郑板桥在知潍县事任内曾修葺过潍县的城隍庙,撰过一篇《城隍庙碑记》[1]。我曾见过拓本。字是郑板桥自己写的,写得很好,虽仍有"六分半书"笔意,但是是楷书,很工整,不似"乱石铺阶"那样狂气十足。这篇碑文实在是绝妙文章:

……故仰而视之,苍然者天也;俯而临之,块然者地也。其中之耳目口鼻手足[2]而能言,衣冠揖让而能礼者,人也。岂有苍然之天而又耳目口鼻而人者哉?自周公以来,称为上帝,而俗世又呼为玉皇。于是耳目口鼻手足冕旒执玉而人之;而又写之以金,范之以土,刻之以木,琢之以玉;而又从之以妙龄之官,陪之以武毅之将。天下后世,遂哀哀然从而人之,俨在其上,俨在其左右矣。至如府州县邑皆有城,如环无端,齿齿啮啮[3]者是也;城之外有隍,抱城而流,汤汤汩汩者是也。又何必乌纱袍笏而人之乎?

---

1 《城隍庙碑记》应为《新修城隍庙碑记》。——编者注

2 初刊本、初版本为"其中耳目口鼻手足",据此碑记拓片为"其中之耳目口鼻手足"。——编者注

3 初刊本、初版本为"啮",据此碑记拓片为"齿齿啮啮"。——编者注

而四海之大，九州之众，莫不以人祀之；而又予之以祸福之权，授之以死生之柄；而又两廊森肃，陪以十殿之王；而又有刀花、剑树、铜蛇、铁狗、黑风、蒸钣以惧之。而人亦哀哀然从而惧之矣。非惟人惧之，吾亦惧之。每至殿庭之后，寝宫之前，其窗阴阴，其风吸吸，吾亦毛发竖栗，状如有鬼者，乃知古帝王神道设教不虚也。……

这是一篇写得曲曲折折的无神论。城，城也；隍，河也，"又何必乌纱袍笏而人之乎？"这已经说得很清楚。然而大家都"以人祀之；而又予之以祸福之权，授之以死生之柄"，"予之"、"授之"，很可玩味。神本无权，唯人授之，这种"神权人授"的思想很有进步意义。谁授予神这样的权柄呢？下文自明。不但授之以权，而且把城隍庙搞得那样恐怖，人亦哀哀然从而惧之。"非惟人惧之，吾亦惧之"矣，这句话说得很幽默。郑板桥是真的害怕了吗？城隍庙总是阴森森的，"吾亦毛发竖栗，状如有鬼者"，郑板桥是真觉得有鬼么？答案在下面："乃知古帝王神道设教不虚也"，郑板桥对古帝王的用心是一清二楚的。但是郑板桥并未正面揭穿（这怎么可能呢），而且潍县的城隍庙是在他的倡议下，谋于士绅而葺新的，这真是最大的幽默！我们对于明清之后的名士的思想和行事，总要于其曲曲折折处去寻绎。不这样，他们就无法生存。我一向觉得板桥的思想很通达，不图其通达有如此。

我们县里的城隍庙的历史是颇久的，有两棵粗可合抱的白果（银杏）树为证。庙相当大，两进大殿，前殿和后殿。前殿面南坐着城隍老爷，也称城隍菩萨，——这与佛教的"菩提萨埵"无关，中国的老百姓是把一切的神都可称为菩萨的，叫"老爷"时多。发亮的油白大脸，长眉细目，五绺胡须。大红缎地平金蟒袍。按说他只是县团级，但是派头却比县知事大得多，县官怎么能穿蟒呢。而且封了爵，而且爵位甚高，"敕封灵应侯"。如此僭越，实在很怪。他们职权是管生死和祸福。人死之后，即须先到城隍那里挂一个号。京剧《琼林宴》范仲禹的唱词云："在城隍庙内挂了号，在土地祠内领了回文。"城隍庙正殿上有几块匾，除了"威灵显赫"之类外，有一块白话文的特大的匾，写的是"你也来了"。我的二伯母（我是过继给她的）病重，她的母亲（我应该叫她外婆）有一天半夜里把我叫起来，把我带到城隍庙去。我迷迷糊糊地去了。干什么？去"借寿"，即求城隍老爷把我的寿借几年（好像是十年）给二伯母。半夜里到城隍庙里去，黑古咙咚的，真有点怕人。我那时还小，借几年就借几年吧，无所谓，而且觉得这是应该的。到城隍老爷那里去借寿，我想这是古已有之的习俗，不是我的外婆首创，因为所有仪注好像都有成规。不过借寿并不成功，我的二伯母过了两天还是死了。

我们那里的城隍庙有一个特别处，即后殿还有一个神像，也是五绺长须，但穿章没有城隍那样阔气。这位神也许是城隍的副手。他的名称很奇怪，叫"老戴"。城隍和老戴之间好像有个什么故事的，我忘了。

正殿前的两廊塑着各种酷刑行刑时的景象，即板桥碑记中所说的"刀花、剑树……"。我们那里的城隍庙所塑的是上刀山、下油锅、锯人、磨人等等，一共七十二种酷刑，谓之"七十二司"，这"司"是阴司的意思。七十二司分为十个相通连的单间，左廊右廊各五间。每一间有一个阎王，即板桥所说的"十王"。阎王是"王"，应该是"南面而王"，坐在正面。《聊斋·陆判》所说的十王殿的十王大概是坐在正面的，但多数的十王都是屈居在两廊，变成了陪客，甚至是下属了，我们县里的城隍庙、泰山庙都是这样。中国诸神的品级官阶也乱得很。十王中我只记得一个秦广王，其余的，对不起，全忘了。《玉历宝钞》上好像有十王的全部称号，且各有像（虽然都长得差不多），不难查到的。

城隍庙正殿的对面，照例有一座戏台。郑板桥碑记云："岂有神而好戏者乎？是又不然。《曹娥碑》云：'盱能抚节安歌，婆娑乐神'，则歌舞迎神，古人已累有之矣。诗云：'琴瑟击鼓，以迓田祖'，夫田果有祖，田祖果爱琴瑟，谁则闻知[1]？不过因人心之报称，以致其重叠爱媚于尔大神尔。今城隍既以人道祀之，何必不以歌舞之事娱之哉！"郑板桥这里说得有点不够准确。歌舞最初是乐神的，因为他是神，才以歌舞乐之，这是"神道"，并不是因为以人道祀之，才以歌舞之事娱之。到了后来，戏才是演给人看的，但还是假借了乐神的名义。很多地方的戏台都在庙里，都是"神台"。我们县城隍庙的戏台是演戏的重要场地，我小时看的许多戏都是站在戏台与正殿之间的砖地上看的。看的都是"大戏"，即京剧。但有一次在这个戏台上也演过梅花歌舞团那样的歌舞，这种节目演给城隍老爷看，颇为滑稽。

每年七月半，城隍要出巡，即把城隍的大驾用八抬大轿抬出来，在城里的主要街道上游一游。城隍出巡，前面是有许多文艺表演节目，叫做"会"，许多地方叫"赛会"，"出会"，我们那里叫"迎会"。参与迎会的，谓之"走会"。我乡迎会的情形，我在小说《故里三陈·陈四》中有较详细的描述，不赘。各地赛会，节目有同有异，高跷、旱

---

[1] 初刊本、初版本为"闻之"，据此碑记拓片为"闻知"。——编者注

船，南北皆有。北京的"中蟠"、"五虎棍"，我们那里没有。我们那里的"站高肩"，北方没有。

城隍的姓名大都无可稽考，但也有有案可查的。张岱《西湖梦寻·城隍庙》载："吴山城隍庙，宋以前在皇山，旧名永固，绍兴九年徙建于此。宋初，封其神，姓孙名本。永乐时封其神为周新。"周新本是监察御史，弹劾敢言，被永乐杀了。"一日上见绯而立者，叱之，问为谁，对曰：'臣新也，上帝谓臣刚直，使臣城隍浙江，为陛下治奸贪吏。'言已不见，遂封新为浙江都城隍。"这当然只是传说，永乐帝不会白日见鬼。但这记载说明一个问题，即城隍由上帝任命后，还得由人间的皇帝加封，否则大概是无效的。"都城隍"之名他书未见。周新是个省级城隍，比州、府、县的城隍要大，相当于一个巡抚了。都城隍不是各省都有。

《聊斋志异》以《考城隍》为全书第一篇，评书者都以为有深意焉，我看这只是寓言，寄托蒲松龄认为所有的官都应该考一考的愤慨耳。他说这是"予姊夫之祖宋公讳焘"的事情，宋焘亦未必有其人。

土地即社神。《风俗编·神鬼》："凡今社神，俱呼土地。"其所管的地面是不大的，大体相当于明清的坊——

凡土地都称为"当坊土地",解放前的一个保。我家所住的一条街上街的中段和东段即有两座土地祠。《聊斋·王六郎》后为招远县邬镇土地,管一个镇,也差不多。到了乡下,则随便哪个田头,都可立一个土地庙。《王六郎》是一篇写得很美的小说,文长,不具引。土地本也应是有名有姓的,但人都不知道。王六郎只名王六郎,那倒是因为他本没有名字,只是姓王,叫人"相见可呼王六郎"。他当了土地,仍叫王六郎么?这不免有失官体。有一位土地的名字倒是为人所知的,是北京国子监的土地,此人非别,乃韩愈也!韩愈当过国子祭酒,与国子监有点老关系,但让他当国子监的土地爷,实在有点不大像话。我曾看过国子监的土地祠,比一架自鸣钟大不了多少。

河北农村有俗话:"别拿土地爷不当神仙!"事实上人们对土地爷是不大尊重的。土地祠(或亦称庙)很简陋,香火冷落,乡下给土地爷上供的只是一块豆腐。《西游记》孙悟空到了一处,遇到妖怪,不知是什么来头,便把土地召来,二话不说,叫土地老儿先把孤拐伸出来教老孙打五百棍解闷。孙悟空对土地的态度实即是吴承恩对土地的态度,也是老百姓对土地的态度:不当一回事。因为,他是最小的神,或神里最小的官。

我们县别有都土地,那可不一样了。都土地祠亦称都天庙，连庙所在的那条巷子也叫都天庙巷。都天庙和城隍庙不能相比，小得多，但也有殿有庑。殿上坐着都土地，比城隍小一号，亦红蟒亦面长圆而白亮，无五绺须。我的家乡把长圆而肥白的脸叫做"都天脸"，此专指女人的面相，男人这样的脸很少，不知道为什么没有人说"城隍脸"。都土地管辖地界大致相当于一个区。他的封爵次于城隍一等，是"灵显伯"。父老相传，我所住在的北城的都土地是张巡。张巡怎么会跑到我的家乡来当一个区长级的都土地呢？这里既不是他的家乡（河南南阳），又不是他战死的地方（河南睢阳）？说北城都土地是张巡，根据的是什么？有这样一个在安史之乱时和安禄山打仗，城破而死的有名的忠臣当都土地，我们那一区的居民是觉得很光荣的。都土地也不是每个区都有。

土地城隍属于一个系统，他们的关系是上下级，如表：

土地→都土地→城隍→都城隍

都城隍的上面是什么呢？没有了，好像是一直通到玉皇大帝。土地的下面呢？也没有了，因为土地祠里并未塑有衙役皂隶。他们是上下级，是不是要布置任务，汇报工作？也许要的，但是咱们不知道。

祭灶的起源盖甚早。

《史记·孝武本纪》："是时而李少君亦以祠灶、谷道、却老方见上，上尊之。"《索隐》："如淳云：'祠灶可以致福。'案：礼灶者，老妇之祭，盛于盆，尊于瓶。"这最初本是"老妇之祭"。晋代宗懔《荆楚岁时记》："按礼器，灶者老妇之祭，'尊于瓶，盛于盆'，言以瓶为樽，用盆盛馔也"，意思是拿瓶子当酒樽，用盆盛食物。老妇大概没钱，用不起正儿八经的器皿，只好这样马马虎虎，因陋就简。

祭灶本是求福，是很朴素的愿望，到了方士的手里，就变得神乎其神起来。《史记·孝武本纪》："少君言于上曰：'祠灶则致物，致物而丹沙可化为黄金，黄金成以为饮食器则益寿，益寿而海中蓬莱仙者可见，见之以封禅则不死，黄帝是也。"从祠灶到不死，绕了这样大一个圈子，汉代的方士真能胡说八道！而汉武帝偏偏就相信这种胡说八道！

祭灶的礼俗一直相沿不替。唐、五代的材料我没有来得及查，宋代则讲风俗的书几乎没有一本不提到祭灶的。

《东京梦华录》："十二月……二十四日交年，都人至夜请僧道看经，备酒果送神，烧合家替代钱纸，贴灶马于灶上，以酒糟涂抹灶门，谓之'醉司命'。"

《梦粱录》："十二月……二十四日，不以穷富，皆备蔬食饧豆祀灶。"

《武林旧事》："……二十四日，谓之'交年'，祀灶用花饧米饵，及烧替代及作糖豆粥，谓之'口数'。"

祭灶的祭品不拘，但有一样东西是必有的：饧。饧是古糖字，指用麦芽或谷芽熬成的糖，熬干了，就成了关东糖。我们那里就叫做"灶糖"。为什么要请灶王爷吃关东糖？《抱朴子·微旨》："月晦之夜，灶神亦上天白人罪状。"原来灶王爷既是每一家的守护神，又是玉皇大帝的情报员，——一个告密者。人在家里，不是在公开场合，总难免说点错话，办点错事，灶王爷一天到晚窃听监视，这受得了吗！人于是想出一个高招，塞他一嘴关东糖，叫他把牙粘住，使他张不开嘴，说不出人的坏话。不过灶王爷二十三或二十四上天，到除夕才回来，在天上要呆一个星期，在玉皇大帝面前一句话也不说，玉皇大帝不觉得奇怪么？

以酒糟涂抹灶门，其用意与祭之以饧同，让他醉未咕咚的，他还能打小报告么？

灶王爷上天，是骑马去的。《东京梦华录》云："贴灶马于灶上。"我们那里是用红纸折一个小孩子折手工的纸马，祭毕烧掉。折纸马照例是我的一个堂姐的事。这实在有点儿戏。

我们那里的孩子捉蜻蜓，红蜻蜓是不捉的，说这是灶王爷的马。灶王爷骑了这样的马——蜻蜓，上天？

把灶王爷送上天，谓之"送灶"。送灶的日期各地不一样。我们那里一般人家是腊月二十四。俗话说："君（或军）三，民四，龟五。"按规定，娼妓家送灶应是二十五，不过妓女都不遵守。二十五送灶，这不等于告诉别人：我们家是妓女？北京送灶，则都在二十三。

到除夕，把灶王爷接回来，或谓之"迎灶"，我们那里叫做"接灶"。

谁参加祭灶？各地，甚至各家不一样。有的人家只许男的参加，女的不参加；有的人家则只有女的跪拜，男人不参与；我们家则男女都拜，先由男的拜，后由女的拜。我觉得应该由女的祭拜合适。女人一天围着锅台转，与灶王爷关系密切，而且，这本是"老妇之祭"，不关老爷们的事！

灶王爷是什么长相？《庄子·达生》："灶有髻"，司马彪注："髻，灶神，著赤衣，状如美女。"我见过木刻彩印的灶王像，面孔略圆，有二三十根稀稀疏疏的胡子，并不像美女，倒像个有福气的老封翁。我们家灶王龛里则只贴了一张长方的红纸，上写"东厨司命定福灶君"。

灶王爷姓什么，叫什么？《荆楚岁时记》说他"姓苏名吉利"。不单他,连他老婆都有名字:"妇姓王名抟颊"。但我曾看过一个华北的民间故事,说他名叫张三,因为做了见不得人的事,钻进了灶膛里,弄得一脸乌七抹黑,于是成了灶王。北京俗曲亦云:"灶王爷本姓张"。他到底叫什么?吁,鬼神之事,难言之矣。

城隍、土地、灶君是和中国人民大众生活关系最密切的神。

这些神是"古帝王"造出来的神话,是谣言,目的是统一老百姓的思想,是"神道设教"。

老百姓也需要这样的神。这些神的意象一旦为老百姓所掌握,就会变成一种自觉的、宗教性的、固执的力量。没有这些神,他们就会失去伦理道德的标准、是非善恶的尺度,失去心理平衡,遑遑然不可终日。我们县的城隍,在北伐的时候曾由以一个姓黄的党部委员为首的一帮热血青年用粗绳拉倒,劈成碎片。这触怒了城乡的许多道婆子。我们县有很多的道婆子,她们没有任何文化,只会念一句"南无阿弥陀佛",是神就拜,念"南无阿弥陀佛",不管这神是什么教的神。不管哪个庙的香期,她们都去,一坐一大片,叫做"坐经"。她们的凝聚力很大,心很齐。她们听说城隍老爷被毁了,"哈!这还行!"她们一人拿了一炷香,要把姓黄的党部委员的家烧掉。黄某事先听到消息,越墙逃走,躲藏了好多天。这帮道婆子捐钱募化,硬是重新造了一个城隍老爷,和原来的一样。她们的道理很简单:"怎么可以没有城隍老爷!"

愚昧是一种伟大的力量。

大多数人对城隍、土地、灶王爷的态度是"诚惶诚恐,不胜屏营待命之至",但是也有人不是这样,有的时候不是这样。很多地方戏的"三小戏"都有《打城隍》、《打灶王》,和城隍老爷、灶王爷开了点小小玩笑,使他们不能老是那样俨乎其然,那样严肃。送灶时给灶王喂点关东糖,实在表现了整个民族的幽默感。

也许正是这点幽默感,使我们这个民族不至被信仰的铁板封死。

一九九〇年十二月八日

八　仙

我的老师浦江清先生（他教过我散曲）曾写过一篇《八仙考》。这是国内讲八仙的最完备的一篇文章。本文的材料都是从浦先生的文章里取来的，可以说是浦先生文章的一个缩写本。所以要缩写，是因为我对八仙一直很有兴趣，而浦先生的文章见到的人又不很多。当然也会间出己意，说一点我的看法。

小时候到一个亲戚家去拜寿。是这家的老太爷的整生日，很热闹，寿堂布置得很辉煌。最使我发生兴趣的是供桌上一堂"八仙人"。泥塑的头，衣服是绢制的，真是栩栩如生，好看极了。我看了又看，舍不得离开。

*初刊时间、初刊处未详，初收于北师大版《汪曾祺全集》第三卷。

八仙的形成大概在宋元之际。最初好像出现在戏曲里。元人杂剧如马致远《吕洞宾三醉岳阳楼》、谷子敬《吕洞宾三度城南柳》、岳伯川《吕洞宾度铁拐李岳》、范子安《陈季卿误上竹叶舟》，都提到八仙，只是八仙的名单与后世稍有出入。明初的周宪王《诚斋杂剧》中《群仙庆寿蟠桃会》第四折毛女唱：

> （水仙子）这个是吕洞宾手把太阿携。这个是蓝采和身穿绿道衣。这个是汉钟离头挽双髽髻。这个是曹国舅拿着笊篱。这个是韩湘子将造化能移。这个是白髭髯唐张果。这个是皂罗衫铁拐李。这个是徐神翁喜笑微微。

除了缺一名何仙姑（多了一位徐神翁），与今天流传的已无区别。稍后，八仙出现在绘画里。王世贞《题八仙像后》云："八仙者，钟离、李、吕、张、蓝、韩、曹、何也。不知其会所由始，亦不知其画所由始。余所睹仙迹及图史亦详矣，凡元以前无一笔，而我明如冷起敬、吴伟、杜堇稍有名矣亦未尝及之。"更后，八仙就成为工艺美术的重要题材，凡瓷器、木雕、漆画、泥塑、面人、刺绣、剪纸，无不有八仙。不但八仙的形象为人熟悉，就是他们所持的"道具"，大家也都一望就知道：汉钟离的芭蕉扇、吕洞宾的宝剑、张果老的渔鼓简板、韩湘子的笛子、蓝采和的花篮、何仙姑的荷花、铁拐李的葫芦、曹国舅的拍板。这八样东西成了八位仙人的代表。这在工艺上有个专用名称，叫做"小八仙"。"小八仙"往往用飘舞的绸带装饰，这样才好看，也才有仙意。我曾在内蒙的一个喇嘛庙的墙壁上看到堆塑出来的"小八仙"，这使我很为惊奇了：八仙和喇嘛教有什么关系呢？后来一想：大概修庙的工匠是汉人，他就不管三七二十一，把他所熟悉的装饰图样安到喇嘛庙的墙上来了。喇嘛们也不知道这是什么东西，糊里糊涂地就接受了。于此可见八仙影响之广。中国人不认得八仙的大概很少。"八仙过海，各显其能"，"一个人唱不了《八仙庆寿》"已经成为家喻户晓的民间俗话。如果没有八仙，中国的民间工艺就会缺了一大块，中国人的精神生活也会缺了一块。

八仙是一个仙人集体，一个八人小组。但是他们之间其实没有多大关系。他们不是一个时代，也不是一个地方的人。他们不是一同成仙得道的。他们有个别的人有师承关系，如汉钟离和吕洞宾，吕洞宾和铁拐李，大多数并没有。比如何仙姑和韩湘子，可以说毫不相干。不知道这八位是怎样凑到一起的。因此像王世贞那样有学问的人，也"不知其会所由始"。

这八位，原来都是单个的仙人。

张果老比较实在，大概曾经有过这样一个人，其人见于正史，他是唐玄宗时人，隐于中条山，应明皇诏入朝，道号通玄先生。《旧唐书》、《新唐书》皆入方士传。但是所录亦已异常。他的著名故事是骑驴。他乘一白驴，日行万里，休则折叠之，其厚如纸，置于巾箱中，乘则以水噀之，还成驴矣。这怎么可能呢？然而它分明写在"正史"里！大概唐玄宗好道，于是许多奇奇怪怪，不近情理的事，虽史臣也不得不相信。这以后，张果老和驴遂分不开了。单幅的张果画像，大都骑驴。若是八仙群像，他大都也是地下走，因为画驴太占地方。别人都走着，他骑驴，也未免特殊化。单幅画张果老，往往画他倒骑毛驴。这实在是民间的一大创造。毛驴倒骑，咋走呢？这大概是有寓意的。倒骑，表示来去无定向，任凭毛驴随意地走，走到哪里算哪里，这样显出仙人的洒脱；另外，倒骑，是向后看。不看前而看后，有一点哲学的意味了。总之张果老倒骑毛驴，是可以使老百姓失笑，并且有所解悟的。至于此老何时从赵州桥上过，并在桥石上留下一串驴蹄的印迹，则不可考。"张果老骑驴桥上走"，《小放牛》的歌声传唱了有多少年了？

八仙里最出风头的是吕洞宾。吕洞宾据说名嵒,大概是残唐五代时的人,读过书,屡举进士不第,后来学了道。元曲里关于他的仙迹特多,大都是度人。他后来,到了元朝,被王重阳创立的全真教(全真教为道教的一派,即北京的白云观邱处机所信奉的那一派)的宗师[1],地位很高了。不少地方都有他的专祠。山西的永乐宫就是他的专祠之一。著名的永乐宫壁画,画的就是此公的事迹。他俨然成了八人小组的小组长。他的出名是在岳州,即今岳阳。岳阳楼挹洞庭之胜,加以范仲淹作记,名重天下。"先天下之忧而忧,后天下之乐而乐",千古名句。于是有人造出仙迹,说是吕洞宾曾在城南古寺留诗。诗共两首,被人传诵的是:

朝游鄂渚暮苍梧,

袖有青蛇胆气粗。

三醉岳阳人不识,

朗吟飞过洞庭湖。

诗写得真不赖,于仙风道骨之中含豪侠之气。但也有人怀疑这是江湖间人乘醉而作的奇纵之笔,未必真是仙迹。他的出名和汤显祖的《邯郸梦》很有关系。《三醉》一

---

1 疑有脱字,句意不清晰,应为"被……全真教奉为宗师"之意。——编者注

折慷慨淋漓，声容并茂，是冠生的名曲。民间流传他曾三戏白牡丹，在他的形象上加了一笔放荡的色彩。总之，他是一位风流倜傥的仙人，很有诗人气质。他的诗人气质是为老百姓所理解的，并且是欣赏的。

何仙姑一说是广州增城人，一说是永州人，总之是南方人，——她和张果老交谈大概是相当费事的。十四五岁时梦见神人教她食云母粉，一说是遇到仙人给了她枣子吃，一说是给了她桃子吃，于是"不饥无漏"。既不要吃东西，又不用解大小便，实在是省事得很。一说给她桃子吃的就是吕洞宾。她的本事只是能"言人休咎"。没有什么稀奇。她的出名和汤显祖也是有关系的。汤显祖《邯郸梦》写吕洞宾度卢生，即有名的"黄粱梦"故事。吕度卢生，事出有因。东华帝君敕修蓬莱山门，门外蟠桃一株，时有浩劫刚风，等闲吹落花片，塞碍天门。先是，吕洞宾度得何仙姑在天门扫花，后奉帝君旨，何姑证入仙班，需再找一人，接替何姑扫花之役，吕洞宾这才往赤县神州去度卢生。何仙姑扫花，纯粹是汤显祖想象出来的，以前没有人这样说过。不过《扫花》一折，词曲俱美，于是便流传开了。何仙姑送吕洞宾下凡，叮咛嘱咐，叫他早些回来，使人感到有一种说不出来的感情。"错教人遗恨碧桃花",这说的是什么呢?腔也很软,很绵缠的。

汉钟离说不清是汉朝人还是唐朝人。一般都说他复姓钟离,名权。他是个大汉,梳着两个鬌髻,"虬髯蓬鬓,睥睨物表",相貌长得很不错。据说他会写字,写的字当然是龙飞凤舞,飘飘然很有仙人风度。他不知怎么在全真教的系统上变为东华帝君的大弟子,纯阳吕真人之师。到元世祖至元六年封赠"正阳开悟传道真君",元武宗至大元年加赠"正阳开悟垂教帝君",头衔极阔。但是实际上他并无任何事迹可传。他为什么拿一把芭蕉扇?大概是因为他块儿大,怕热。

现在画里的蓝采和是个小孩子,很秀气,在戏里是用旦角扮的,以致赵瓯北竟以为他是女的,这实在是一大误会。他的事迹最早见于沈汾的《续仙传》。沈氏原传略云:"蓝采和不知何许人也。常衣破蓝衫,六铐黑木腰带阔三寸余,一脚著靴,一脚跣行。夏则衫内加絮,冬则卧于雪中,气出如蒸。每行歌于城市乞索,持大拍板长三尺余。……行则振靴,言曰:'踏踏歌,蓝采和,世界能几何?红颜一春树,流年一掷梭!古人混混去不返,今人纷纷来更多。朝骑鸾凤到碧落,暮见桑田生白波。长景明晖在空际，金银宫阙高嵯峨。'……"。大概此人本是一个行歌的乞者。他用"踏踏歌，蓝采和"作为歌曲的开头，是可能的。"蓝采和"是没有意义的泛声，类似近世的"呀呼嗨"。沈汾所录歌词一看就是文人的手笔。浦先生说："好事者目为神仙，文人足成乐府"，极有见地。此人的相貌装束原本是相当邋遢的，后来不知怎么变俊了。他的大拍板也借给别人了，却给他手里塞了一个花篮。为什么派给他一个花篮，大概后人以为他姓蓝或篮，正如让何仙姑手执一朵荷花一样。

八仙里铁拐李的形象最为奇特。他架着单拐，是个跛子。他的来历有两种说法。元人杂剧以为他本姓岳，名寿，在郑州做都孔目，因忤韩魏公惊死，吕洞宾使他借李屠的尸首还了魂，度登仙箓。《东游记》则说他姓李名玄，得道以后，离魄朝山，命他的徒弟守尸，说明七天回来，而其徒守到六天，母亲病了，他要回家，就把李玄的尸首焚化了。李玄没法，只好借一饿殍还魂。总之，他原来不是这模样。现在的铁拐李具有二重性：别人的躯壳，他的灵魂。一个人借了别人的躯体而生活着，这将如何适应呢，实在是难以想象。

又有一说，他本来就跛，他姓刘。赵道一《真仙通鉴》有其传,略云:"刘跛子,青州人也,拄一拐,每一岁,必一至洛中看花。……陈莹中素爱之,作长短句赠之曰:'槁木形骸,浮云生世,一年两到京华。又还乘兴,闲看洛阳花。闻道鞓红最好,春归后,终委泥沙。忘言处,花开花谢,不似我生涯。年华,留不住,饥餐困卧,触处为家。这一轮明月,本自无瑕。随分冬裘夏葛,都不会赤火黄芽。谁知我,春风一拐,谈笑有丹砂。'""春风一拐",大是妙语!至于他怎么又姓了李呢,那就不晓得了。吁,神仙之事,难言之矣!

韩湘子是韩愈的侄子或侄孙。他的奇迹是"能开顷刻花"。他曾当着韩愈,取土以盆覆之,良久花开,乃碧花二朵,似牡丹差大,于花间拥出金字一联云:"云横秦岭家何在,雪拥蓝关马不前"。韩愈不解是什么意思。后来韩愈以谏佛骨事贬潮州,一日途中遇雪,有一人冒雪而来,乃湘子也。湘子说:"还记得花上句么,就是说的今天的事。"韩愈问这是什么地方,正是蓝关。韩文公嗟叹久之,说:"我给你把诗补全了吧!"诗曰:"一封朝奏九重天,夕贬潮阳路八千。本为圣朝除弊事,岂将衰朽惜残年?云横秦岭家何在,雪拥蓝关马不前。知汝远来应有意,好收吾骨瘴江边。"

元曲里有《蓝关记》。大概此类剧本还不少。韩文公是被韩湘子度脱的。韩愈一生辟佛，也不会信道，说他得度，实在冤枉。此类剧本，未免唐突先贤，因此臧晋叔的《元曲选》里不收。

八仙里顶不起眼的，是曹国舅。他几乎连一个名字都没有。有人查出，他大概叫曹佾。因为他是宋朝人，宋朝当国舅的只有这么一个曹佾。但是老百姓并不知道，多数老百姓连这个"佾"字也未必认识（这个字字形很怪）！他有什么事迹么？没有的。只知道"美仪度"，手里拿一个笊篱，化钱度日。用笊篱化钱，不知有什么讲究。除了曹国舅，别人好像没有这样干过。笊篱这东西和仙人实在有点"不搭界"，拿在手里也不大好看，南方人甚至有人不知道这是啥物事，于是便把蓝采和的大拍板借给他了，于是他便一天到晚唱曲子，蛮写意。

八仙的形象为什么流传得这样广？

八仙的形成与戏曲是有关系的。元代盛行全真教，全真教几乎成了国教。元曲里有"神仙道化"一科，这自然是受了全真教的影响。八仙和全真教的关系是密切的（吕洞宾、汉钟离都是祖师），但又不是那么十分密切。传说中的八仙故事和全真教的教义——以"澄心定意、抱元守

一、存神固气"为"真功","济贫拔苦、先人后己、与物无私"为"真行",实在说不上有多少内在的联系。对八仙有感情的人未必相信全真教。在全真教已经不很盛行的时候,八仙的形象也并没有失去光彩。这恐另有原因在。

原来这和祝寿是很有关系的。中国人的生活理想很重要的一条是长寿——不死。中国人是现实的,他们原来不相信天国,也不信来生,他们只愿意在现世界里多活一些时候,最好永远地活下去。理想的人物便是八仙。八仙有一个特点,即他们都是"地仙",即活在地面上的神仙,也就是死不了的活人。他们是不死的,因此请他们来为生人祝寿,实在是最合适不过。八仙戏和庆寿关系很密切。胡应麟《少室山房笔丛》考八仙云:"今所见庆寿词尚是元人旧本。"周宪王编过两本庆寿剧。其《瑶池会八仙庆寿》第四折吕洞宾唱:

（水仙子）汉钟离遥献紫琼钩。张果老高擎千岁韭。蓝采和漫舞长衫袖。捧寿面的是曹国舅。岳孔目这铁拐挂护得千秋。献牡丹的是韩湘子。进灵丹的是徐信守。贫道呵,满捧着玉液金瓯。

这唱的是给王母娘娘祝寿,实际上是给这一家办生日的"寿星"祝寿。我的那家亲戚的寿堂供桌上摆设着八仙人,其意义正是如此。

活得长久，当然很好。但如果活得很辛苦，那也没有多大意思，成了"活受"。必须活得很自在，那才好。谁最自在？神仙。"自在神仙"，"神仙"和"自在"几乎成了同义语。你瞧瞧八仙，那多自在啊！他们不用种地，不用推车挑担，也不用买卖经商，云里来，雾里去，扇扇芭蕉扇，唱唱曲子，吹吹笛子，耍耍花篮……他们不忧米盐，只要吃点鲜果，而且可以"不饥无漏"，嘿，那叫一个美，真是"神仙过的日子"！咱们凡人怎么能到得这一步呀！我简直地说：八仙是我们这个劳苦的民族对于逍遥的生活的一种缥缈的向往。我们的民族太苦了啊，你能不许他们有一点希望吗？我每当看到陕北剪纸里的吕洞宾或铁拐李，总是很感动。陕北呀，多苦呀，然而他们向往着神仙。因此，我不认为八仙在我们的民族心理上是一个消极的因素。

八仙何以是这八位？这没有什么道理可讲。中国人对数字有一种神秘观念，八是成数，即多数。以八聚人，是中国人的习惯。陶渊明《圣贤群辅录》列举了很多"八"，八这个，八那个。古代的道教里大概就有八仙。四川有"蜀八仙"。杜甫有《饮中八仙歌》。既云"饮中八仙"，当还有另外的八仙。到了元朝以后，因为已经有了这几位仙人的单独的故事流传，数一数，够八个了，便把他们组织了起来。把他们组织在一起，是为了画面的好看，王世贞《题八仙像后》云："意或庸妄画工，合委巷丛俚之谈，以是八公者，老则张，少则蓝、韩，将则钟离，书生则吕，贵则曹，病则李，妇女则何，为各据一端作滑稽观耶！""各据一端作滑稽观"，这揣测是近情理的。这八个人形象不同，放在一起，才能互相配衬，相得益彰。王世贞说这是"庸妄画工"搞出来的。"庸妄画工"，说得很不客气。但这是民间艺人的创造，则似可信。这组群像不大像是画院的待诏们的构思。也许这最初是戏曲演员弄出来的，为了找到各自不同的扮相。八仙究竟是先出现于戏曲，还是先出现于民间绘画呢？这不好说。我倾向于先出现于戏曲。不过他们后来成为工艺美术的重要题材，戏曲里反而不多见了，则是事实。

八仙在美术上的价值似不如罗汉。除了张果老、吕洞宾、铁拐李，个性都不很突出。其中最值得注意的是铁拐李。宋元人画单幅的仙人图以画铁拐李的为多，他的形象实在很奇特：浓眉，大眼，大鼻子，秃头，脑后有鬈发，下巴上长了一丛乱七八糟的连鬓胡子，驼背，赤足，架着一支拐，胳臂和腿部的肌肉都很粗壮，长了很多黑毛，手指头脚趾头都很发达。他常常背了一个大葫芦，葫芦口冒出一股白气,白气里飞着几个红蝙蝠,他便瞪大了眼睛瞧着这几个蝙蝠。他是那样丑,又那样美;那样怪,又那样有人情。中国的神、仙、佛里有几个是很丑而怪的。铁拐李和罗汉里的宾头卢尊者、钟馗以及后来的济公,属于一类。以丑为美,以怪为美,这在中国人的审美观念里是一个值得研究的现象。

一九八五年八月十八日

水　母

在中国的北方，有一股好水的地方，往往会有一座水母宫，里面供着水母娘娘。这大概是因为北方干旱，人们对水有一种特殊的感情。为了表达这种感情，于是建了宫，并且创造出一个女性的水之神。水神之为女性，似乎是很自然的事，因为水是温柔的。虽然河伯也是水神，他是男的，但他惯会兴风作浪，时常跟人们捣乱，不是好神，可以另当别论。我在南方就很少看到过水母宫。南方多的是龙王庙。因为南方是水乡，不缺水，倒是常常要大水为灾，故多建龙王庙，让龙王来把水"治"住。

水母娘娘是一个很有特点的女神。

＊初刊于《北京文学》一九八四年第十一期，初收于《汪曾祺自选集》。

中国的女神的形象大都是一些贵妇人。神是人按照自己的样子创造出来的。女神该是什么样子呢？想象不出。于是从富贵人家的宅眷中取样，这原本也是很自然的事。这些女神大都是宫样盛装，衣裙华丽，体态丰盈，皮肤细嫩。若是少女或少妇，则往往在端丽之中稍带一点妖冶。《封神榜》里的女娲圣像，"容貌端丽，瑞彩翩翩，国色天姿，宛然如生；真是蕊宫仙子临凡，月殿嫦娥下世"，竟至使"纣王一见，神魂飘荡，陡起淫心"，可见是并不冷若冰霜。圣像如此，也就不能单怪纣王。作者在描绘时笔下就流露出几分遐想，用语不免轻薄，很不得体的。《水浒传》里的九天玄女也差不多："头绾九龙飞凤髻，身穿金缕绛绡衣。蓝田玉带曳长裙，白玉圭璋擎彩袖。脸如莲萼，天然眉目映云鬟；唇似樱桃，自在规模端雪体。犹如王母宴蟠桃，却似嫦娥居月殿。"虽然作者在最后找补了两句："正大仙容描不就，威严形像画难成"，也还是挽回不了妖艳的印象。——这二位长得都像嫦娥，真是不谋而合！倾慕中包藏着亵渎，这是中国的平民对于女神也即是对于大家宅眷的微妙的心理。有人见麻姑爪长，想到如果让她来搔搔背一定很舒服。这种非分的异想，是不难理解的。至于中年以上的女神，就不会引起膜拜者的隐隐约约的性冲动了。她们大都长得很富态，一脸的福相，低垂着眼皮，眼观鼻、鼻观心，毫无表情地端端正正地坐着，手里捧着"圭"，圭下有一块蓝色的绸帕垫着，绸帕耷拉下来，我想是不让人看见她的胖手。这已经完全是一位命妇甚至是皇娘了。太原晋祠正殿所供的那位晋之开国的国母，就是这样。泰山的碧霞元君，朝山进香的没有知识的乡下女人称之为"泰山老奶奶"，这称呼实在是非常之准确，因为她的模样就像一个呼奴使婢的很阔的老奶奶，只不过不知为什么成了神了罢了。——总而言之，这些女神的"成份"都是很高的。"文化大革命"中，有一位农民出身当了造反派的头头的干部，带头打碎了很多神像，其中包括一些女神的像。他的理由非常简单明了："她们都是地主婆！"不能说他毫无道理。

水母娘娘异于这些女神。

水母宫一般都很小，比一般的土地祠略大一些。"宫"门也矮，身材高大一些的，要低了头才能走进去。里面塑着水母娘娘的金身，大概只有二尺来高。这位娘娘的装束，完全是一个农村小媳妇：大襟的布袄，长裤，布鞋。她的神座不是什么"八宝九龙床"，却是一口水缸，上面扣着一个锅盖，她就盘了腿用北方妇女坐炕的姿势坐在锅盖上。她是半侧着身子坐的，不像一般的神坐北朝南面对"观众"。她高高地举起手臂，在梳头。这"造型"是很美的。这就是在华北农村到处可以看见的一个俊俊俏俏的小媳妇，完全不是什么"神"！

她为什么会成了神？华北很多村里都流传着这样的故事：

有一家，有一个小媳妇。这地方没水。没有河，也没有井。她每天要到很远的地方去担水。一天，来了一个骑马的过路人，进门要一点水喝。小媳妇给他舀了一瓢。过路人一口气就喝掉了。他还想喝。小媳妇就由他自己用瓢舀。不想这过路人咕咚咕咚把半缸水全喝了！小媳妇想：这人大概是太渴了。她今天没水做饭了，这咋办？心里着急，脸上可没露出来。过路人喝够了水，道了谢。他倒还挺通情理，说："你今天没水做饭了吧？"——"嗯哪！"——"你婆婆知道了，不骂你吗？"——"再说吧！"过路人说："你这人——心好！这么着吧：我送给你一根马鞭子，你把鞭子插在水缸里。要水了，就把马鞭往上提提，缸里就有水了。要多少，提多高。要记住，不能把马鞭子提出缸口！记住，记住，千万记住！"说完了话，这人就不见了。这是个神仙！从此往后，小媳妇就不用走老远的路去担水了。要用水，把马鞭子提一提，就有了。这可真是"美扎"啦！

一天，小媳妇住娘家去了。她婆婆做饭，要用水。她也照着样儿把马鞭子往上提。不想提过了劲，把个马鞭子一下提出缸口了。这可了不得了，水缸里的水哗哗地往外涌，发大水了。不大会儿工夫，村子淹了！

小媳妇在娘家，早上起来，正梳着头，刚把头发打开，还没有挽上纂，听到有人报信，说她婆家村淹了，小媳妇一听：坏了！准是婆婆把马鞭子拔出缸外了！她赶忙往回奔。到家了，急中生计，抓起锅盖往缸口上一扣，自己腾地一下坐到锅盖上。嘿！水不涌了！

后来，人们就尊奉她为水母娘娘，照着她当时的样子，塑了金身：盘腿坐在扣在水缸上的锅盖上，水退了，她接着梳头。她高高举起手臂，是在挽纂儿哪！

这个小媳妇是值得被尊奉为神的。听到婆家发了大水，急忙就往回奔，何其勇也。抓起锅盖扣在缸口，自己腾地坐了上去，何其智也。水退之后，继续梳头挽纂，又何其从容不迫也。

水母的塑像，据我见到过的，有两种。一种是凤冠霞帔作命妇装束的，俨然是一位"娘娘"；一种是这种小媳妇模样的。我喜欢后一种。

这是农民自己的神，农民按照自己的模样塑造的神。这是农民心目中的女神：一个能干善良且俊俏的小媳妇。农民对这样的水母不缺乏崇敬，但是并不畏惧。农民对她可以平视,甚至可以谈谈家常。这是他们想出来的,他们要的神,——人,不是别人强加给他们头上的一种压力。

有一点是我不明白的。这小媳妇的功德应该是制服了一场洪水,但是她的"宫"却往往在一股好水的源头,似乎她是这股水的赐予者,这到底是怎么回事呢?这个故事很美,但是这个很美的故事和她被尊奉为"水母"又有什么必然的关系呢?但是农民似乎不对这些问题深究。他们觉得故事就是这样的故事,她就是水母娘娘,无需讨论。看来我只好一直糊涂下去了。

中国的百姓——主要是农民,对若干神圣都有和统治者不尽相同的看法,并且往往编出一些对诸神不大恭敬的故事,这是很有意思的事。比如灶王爷。汉朝不知道为什么把"祀灶"搞得那样乌烟瘴气,汉武帝相信方士的鬼话,相信"祀灶可以致物"(致什么"物"呢?),而且"黄金可成,不死之药可至"。这纯粹是胡说八道。后来不知道怎么一来,灶王爷又和人的生死搭上了关系,成了"东厨司命定福灶君"。但是民间的说法殊不同。在北方的农民的传说里,灶王爷是有名有姓的,他姓张,名叫张三(你听听这名字!),而且这人是没出息的,他因为做了什么见不得人的事(什么事,我忘了)钻进灶火里,弄得一身一脸乌漆墨黑,这才成了灶王。可惜我记性不好,对这位张三灶王爷的全部事迹已经模糊了。异日有暇,当来研究研究张三兄。

或曰:研究这种题目有什么意义,这和四个现代化有何关系?有的!我们要了解我们这个民族。

一九八四年六月廿三日

罗　汉

家乡的几座大寺里都有罗汉。我的小学的隔壁是承天寺，就有一个罗汉堂。我们三天两头于放学之后去看罗汉。印象最深的是降龙罗汉，——他睁目凝视着云端里的一条小龙；伏虎罗汉，——罗汉和老虎都在闭目养神；和长眉罗汉。大概很多人都对这三尊罗汉印象较深。昆曲（时调）《思凡》有一段"数罗汉"，小尼姑唱道：

降龙的恼着我，

伏虎的恨着我，

那长眉大仙愁着我：

说我老来时，有什么结果！

＊初刊于《收获》一九九八年第一期，初收于北师大版《汪曾祺全集》第六卷。

她在众多的罗汉中单举出来的,也只是这三位。——她要是挨着个儿数下去,那得数多长时间!

罗汉原来是十六个,传贯休的画"十六应真"即是十六人,后来加上布袋和尚和一个什么什么尊者,——罗汉的名字都很难念,大概是古梵文音译,这就成了通常说的"十八罗汉"。李龙眠画"罗汉渡江"就已经是十八人了。不知道从什么时候起这队伍扩大了,变成了五百罗汉。有些寺里在五百塑像前各竖了一个木牌,墨书某某某某尊者,也不知从哪里查考出来的。除了写牌子的老和尚,谁也弄不清此位是谁。有的寺里,比如杭州的灵隐寺竟把济公活佛也算在里头,这实在有点胡来了。

罗汉本是印度人,贯休的"十六应真"就多半是深目高鼻且长了大胡子,后来就逐渐汉化。许多罗汉都是个中国和尚。

罗汉大致有两种。一种是装金的,多半是木胎。"五百罗汉"都是装金的。杭州灵隐寺、苏州××寺(忘寺名)、汉阳归元寺,都是。装金罗汉以多为胜,但实在没有什么看头,都很呆板,都差不多,其差别只在或稍肥,或精瘦。谁也没有精力把五百个罗汉一个一个看完。看了,也记不得有什么特点。一种是彩塑。精彩的罗汉像都是彩塑。

罗 汉

我所见过的中国精彩的彩塑罗汉有这样几处：一是昆明筇竹寺。筇竹寺的罗汉与其说是现实主义的不如说是一组浪漫主义的作品。它的设计很奇特。不是把罗汉一尊一尊放在高出地面的台子上，而是于两壁的半空支出很结实的木板，罗汉塑在板上。罗汉都塑得极精细，有一个罗汉赤足穿草鞋，草鞋上的一根一根的草茎都看得清清楚楚，跟真草鞋一样。但又不流于琐细，整堂（两壁）有一个通盘的、完整的构思。这是一个群体，不是各自为政，十八人或坐或卧，或支颐，或抱膝，或垂眉，或凝视，或欲语，或谛听，情绪交流，彼此感应，增一人则太多，减一人则太少，气足神完，自成首尾。另一处是苏州紫金庵。像比常人小，身材比例稍长，面目清秀。这些罗汉好像都是苏州人。他们都在安静沉思，神情肃穆。如果说筇竹寺罗汉注意外部筋骨，颇有点流浪汉气；紫金庵的罗汉则富书生气，性格内向。再一处是泰山后山的宝善寺（寺名可能记得不准确）。这十八尊是立像，比常人高大，面形浑朴，是一些山东大汉，但塑造得很精美。为了防止参观的人用手扪触，用玻璃龛罩了起来了，但隔着玻璃，仍可清楚地看到肌肉的纹理，衣饰的刺绣针脚。前三年在苏州甪直看到几尊较古的罗汉。原来有三壁。东西两壁都塌圮了只剩下正面一壁。这一组罗汉构思很有特点，背景是悬崖，罗汉都分散地趺坐在岩头或洞穴里（彼此距离很远）。据说这是梁代的作品，正中高处坐着的戴风帽着赭黄袍子的便是梁武帝，不知可靠否，但从衣纹的简练和色调的单纯来看，显然时代是较早的。据传紫金庵罗汉是唐塑，宝善寺、筇竹寺的恐怕是宋以后的了。

罗汉的塑工多是高手，但都没有留下名字来，只有北京香山碧云寺的几尊，据说是刘銮塑的。刘銮是元朝人，现在北京西四牌楼东还有一条很小的胡同叫做"刘銮塑"，据说刘銮原来就住在这里，但是许多老北京都不知道有这样一条名字奇怪的胡同，更不知道刘銮是何许人了。像传于世，人不留名，亦可嗟叹。

中国的雕塑艺术主要是佛像，罗汉尤为杰出的代表。罗汉表现了较多的生活气息，较多的人性，不像三世佛那样超越了人性，只有佛性。我们看彩塑罗汉，不大感觉他们是上座佛教所理想的最高果位，只觉得他们是一些人，至少比较接近人，他们是介乎佛、菩萨和人之间的那么一种理想的化身，当然，他们也是会引起善男子、善女人顶礼皈依的虔敬感的。这是一宗非常重要的文化遗产，不论是从宗教史角度，美术史角度乃至工艺史角度、民俗学角度来看。我们对于罗汉的重视程度是很不够的。紫金庵，筇竹寺的罗汉曾有画报介绍过，但是零零碎碎，不成个样子。我希望能有人把几处著名的罗汉好好地照一照相,要全,不要遗漏,并且要从不同角度来拍,希望印一本厚厚的画册:《罗汉》;希望有专家能写一篇长文作序,当中还要就不同寺院的塑像,不同问题写一些分论;我希望能把这些罗汉制成幻灯片,供研究用、供雕塑系学生学习用,供一般文化爱好者欣赏用。

          六月十三日

贾似道之死
——老学闲抄

到漳州,除了想买几头水仙花,还想去看看木棉庵。木棉庵离漳州市不远,汽车很快就到了。庵就在公路旁边,由漳州至福州,此为必经之地,用不着专程跑去看。木棉庵是个极小的庵。门开着,随便进出,无人管理。矮佛一尊,佛前一只瓦香炉,空的。殿上无钟磬,庭前有衰草,荒荒凉凉。庵当是后建的,南宋末年,想不是这样,应当是个颇大的去处。庵外土坡上,有碑两通,高过人,大字深刻:"郑虎臣诛贾似道于此"。两碑都是一样,字体亦相类。碑阴无字,于贾似道、郑虎臣事皆无记述。

我对贾似道所知甚少,只知道他是一个荒唐透顶的误

---

* 初刊于《收获》一九九一年第一期,初收于《汪曾祺文集·散文卷》。

国奸相。他在元人大兵压境，国家危如累卵的时候还在葛岭赐第的半闲堂里斗蟋蟀。很多人知道贾似道，是因为看了《红梅阁》（川剧、秦腔、昆曲和京剧）。通过李慧娘这个复仇的女鬼的形象，使人对贾似道的专横残忍留下深刻的印象。但《红梅阁》是虚构的传奇。年轻时看过《古今小说》里的《木棉庵郑虎臣报冤》，隔了五十年，印象已淡；而且看的时候就以为这是小说家言，不足为据，不相信它有什么史料价值。近读元人蒋正子《山房随笔》，并取《木棉庵郑虎臣报冤》相对照，发现两者记贾似道事基本相同。这位蒋正子不知道为什么对贾似道那么感兴趣，《山房随笔》只是薄薄的一册，最后的三大段倒都是有关贾似道的。我对蒋正子一无所知，但看来《山房随笔》是严肃的书，不是信口开河，成书距南宋末年当不甚远，有一段注明："季一山阐为郡学正，为余道之。"非得之道听途说，当可信。于是，我对《木棉庵郑虎臣报冤》就另眼相看起来。

贾似道是宋理宗贾贵妃的兄弟，历仕理宗、度宗、恭帝三朝，位极人臣，恶迹至多，不可胜数，自有《宋史》可查。他的最主要的罪恶是隐匿军情，出师溃败，断送了南宋最后一点残山剩水，造成亡国。

蒙古主蒙哥南侵，屯合州，遣忽必烈围鄂州、襄阳。

湖北势危,枢密院一日接到三道告急文书,朝野震惊,理宗乃以贾似道兼枢密使京湖宣抚大使,进师汉阳,以解鄂州之围。贾似道不得已拜命。师次汉阳,蒙古攻城甚急,鄂州将破,贾似道丧胆,乃密遣心腹诣蒙古营中,求其退师,许以称臣纳贝。忽必烈不许。会蒙古主蒙哥死于合州,忽必烈急于奔丧即位,遂许贾似道和议。约成,拔寨北归。鄂州围解,贾似道将称臣纳币一手遮瞒,上表夸张鄂州之功。理宗亦以贾似道功同再造,下诏褒美。

元军一时未即南下,南宋小朝廷暂得晏安。贾似道以中兴功臣自居,日夕优游湖上,门客作词颂美者以千计。陆景思词中称之为"上天将相,平地神仙"。

理宗传位度宗,加似道太师,封魏国公,许以十日一朝,大小朝政皆于私第裁决。平章私第,成了宰相衙门。

度宗在位十年,卒,赵㬎继位,是为恭帝。恭帝是个懦弱的小皇帝。在位仅仅两年,凡事离不开贾似道。元军分兵南下,襄、邓、淮、扬,处处告急。贾似道遮瞒不过,只得奏闻。恭帝对似道说:"元兵逼近,非师相亲行不可。"于是下诏,以贾似道都督诸路军马。贾似道上表出师,声势倒是很大。其时樊城陷,鄂州破,元军乘势破了池州,贾似道不敢进前,次于鲁港。部将逃的逃,死的死,诸军已溃,战守俱难,贾似道走入扬州城中,托病不出。宋室之亡，关键实在鲁港一战。

一时朝议，以为贾似道丧师误国、乞族诛以谢天下，御史交章劾奏，恭帝醒悟，乃下诏暴其罪，略云：

> 大臣具四海之瞻，罪莫大于误国；都督专阃外之寄，律尤重于丧师。具官贾似道，小才无取，大道未闻。历相两朝，曾无一善。变田制以伤国本[1]，立士籍以阻人才[2]。匿边信而不闻，旷战功而不举。至于寇逼，方议师征，谓当缨冠而疾趋，何为抱头而鼠窜？遂致三军解体，百将离心，社稷之势缀旒，臣民之言切齿。姑示薄罚，俾尔奉祠。呜呼！膺狄惩荆，无复周公之望；放兜殛鲧，尚宽《虞典》之诛。可罢平章军马重事及都督诸路军马。

这篇诏令见于《古今小说》，但看来是可靠的。诏令写得四平八稳。对贾似道的罪恶概括得很全面。这样典重合体的四六，也不是一般书会先生所能措手的。

贾似道罢相，朝议以为罪不止此，台史交奏，都以为似道该杀。恭帝柔弱，念似道是三朝元老，不但没有

---

[1] 凡有田者，皆须验契，查勘来历，质对四至，稍有不合，没入其田；又丈量田地尺寸，如是有余，即为隐匿，亦没入。没入田产，不知其数，一时骚然。

[2] 似道极恨秀才，凡秀才应举，须亲书详细履历。又密令亲信查访，凡有词华文采者，皆疑其造言生谤，寻其过误，皆加黜落。

"族诛"，对似道也未加刑，只是谪为高州团练副使，仍命于循州安置。"安置"一词，意思含混。如此发落，实在过轻。

宋制，大臣安置远州，都有个监押官。监押贾似道的，是郑虎臣。郑虎臣的确定，《木棉庵郑虎臣报冤》与《山房随笔》微有不同。《郑虎臣报冤》云："朝议斟酌个监押官，须得有力量的，有手段的，又要平日有怨隙的，方才用得"，只云"朝议"；《随笔》则具体举出"陈静观诸公欲置之死地，遂寻其平日极仇者监押"。郑虎臣和贾似道有什么仇？《随笔》云："武学生郑虎臣登科，（似道）辄以罪配之"；《郑虎臣报冤》则说："此人乃太学生郑隆之子，郑隆被似道黥配而死。"至于郑虎臣请行，出于自愿，是一致的。——循州路远（在今广东惠州市东），本不是一趟好差事。

郑虎臣官职不高，只是新假的武功大夫，但他是"天使"，路上一切他说了算。贾似道一路备受凌辱，苦不堪言，《郑虎臣报冤》有较细的记载。到了漳州，漳州太守赵介如（此从《山房随笔》，《郑虎臣报冤》作赵分如），本是贾似道的门下客，设宴款待郑虎臣及贾似道。《随笔》云："似道遂坐于下。"《报冤》云："只得另设一席于别室，使通判陪侍似道。"细节不同，似以《报冤》说较合理。赵

介如察虎臣有杀贾意,劝虎臣要杀不如趁早,免得似道活受罪。《郑虎臣报冤》云:

> 饮酒中间,介如察虎臣口气,衔恨颇深,乃假意问道:"天使今日押团练至此,想无生理,何不叫他速死,免受薏恼,却不干净?"

《山房随笔》则云:

> 介如察其有杀贾意,命馆人启郑,且以辞挑之……其馆人语郑云:"天使今日押练使至此,度必无生理,曷若令速殒,免受许多苦恼。"

两相比较,《随笔》似更近情,这样的话哪能在酒席上当面直说,有一个中间人(馆人)传话,便婉转得多。

郑虎臣的回答,《报冤》云:

> 虎臣笑道:"便是这恶物事,偏受得许多苦恼,要他好死却不肯死。"

《随笔》云:

> 便是这物事,受得这苦,欲死而不死。

《随笔》较简练,也更像宋朝人的语气。《报冤》"虎臣笑道","笑道"颇无道理,为何而笑?

贾似道原是想服毒自杀的。《随笔》云:

> 虎臣一路凌辱,至漳州木棉庵病泄泻。踞虎子,欲绝。虎臣知其服脑子求死。

《郑虎臣报冤》写得较细致：

> 似道自分必死，身边藏有冰脑一包，因洗脸，就掬水吞之。觉腹中痛极，讨个虎子坐下，看看命绝。

脑子、冰脑，即冰片，是龙脑树干分泌的香料，过去常掺入香末同烧，"瑞脑销金兽"便是指的这东西。中药铺以微量入丸散，治疮疖有效，多吃了，是会致命的。

似道服毒后，还是叫郑虎臣打死的。《郑虎臣报冤》：

> 虎臣料他服毒，乃骂道："奸贼，奸贼，百万生灵死于汝手，汝延捱许多路程，却要自死，到今日老爷偏不容你！"将大槌连头连脑打了二三十，打得稀烂，呜呼死了。

这未免有点小说的渲染，《随笔》只两句话，反倒干脆：

> 乃云："好教作只恁地死！"遂趯数下而殂。

《木棉庵郑虎臣报冤》应该说是历史小说，严格意义的历史小说。是小说，当然会有些虚构，有些想象之词，但检对《山房随笔》，觉得其主要情节都是有根据的。其立意也是严肃的：以垂炯戒。这和《拗相公饮恨半山堂》的存有偏见，《苏小妹三难新郎》纯为娱乐，随意杜撰，是很不相同的。现在许多写历史题材的作品，尤其是电视剧，简直是瞎编，如写李太白与杨贵妃恋爱，就更不像话了。我觉得《木棉庵郑虎臣报冤》是短篇历史小说的一个典范：材料力求有据，写得也并非不生动。今天写历史题材的作品仍可取法。这，就是我写这篇文章的目的。

一九九〇年十月二十五日

建文帝的下落
——滇游新记

我对建文帝有一点感情,是因为学唱过《惨睹》。《惨睹》是唐传奇《千忠戮》的一折。《千忠戮》作者无考,大约是明末清初人。这部传奇写的是燕王朱棣攻破南京后,建文帝与大臣陈济化装为僧道,流亡湖广、云南,备受迫害的故事。《惨睹》的唱词写得很特别,一折中用了八个"阳"字,唱昆曲的人故又别称之为"八阳"。"八阳"的曲子十分慷慨悲壮。头一句"收拾起大地山河一担装,四大皆空相",破空而来,如果是有好嗓子的冠生,唱起来真是声如裂帛。这是昆曲里的名曲,一度十分流行。"家家'收拾起',户户'不提防'",可想见其盛况——"不提防"是《长生殿·禅词》的开头:"不提防余年值乱离"。我

---

*初刊于《大西南文学》一九八七年第十二期,初收于《蒲桥集》。

随中国作协作家赴云南访问团到云南，离昆明后第一站是武定狮子山。听说狮子山的正续禅寺，建文帝曾在那里住过，我于是很有兴趣。

狮子山郁郁葱葱，多奇树珍禽，流泉曲径，但山势并不很雄伟险峻。有人称它是"西南第一山"，未免夸大。

正续禅寺也算不得是一座大寺庙。如果把中国的寺庙划分等级，至多只能列入三等。但是附近几县来烧香的人很多，因为这里曾经住过一位皇帝。寺不在大，有帝则名。来烧香的善男信女当中，有人未必知道这位皇帝是建文帝，更不知道建文帝是怎样的一个皇帝，反正只要是皇帝就好。中国的农民始终对皇帝保持着崇敬。何况这位皇帝又当了和尚，或者这位和尚曾经是皇帝，这就在他们的崇敬心理上更增加了一个层次。

建文帝的下落是一个谜。《明史》只说"城破，宫中火起，帝不知所终。""不知所终"，留下一个疑案。他当时没有死，流亡出去，是有可能的。但是是不是经湖广，到云南，并无确证。至于是不是往来滇西一带，又常常在正续禅寺歇足，就更难说了。但是清代有些在云南做过地方官的文人是愿意把这件事坐实了的。正续禅寺的大雄宝殿楹柱上有一副对联：

　　叔误景隆军，一片婆心原是佛；

祖兴皇觉寺，再传天子复为僧。

这说得还比较含浑。寺后有惠帝祠，阁前有一副对联，就更加言之凿凿了：

僧为帝，帝亦为僧，数十载衣钵相传，

正觉依然皇觉旧；

叔负侄，侄亦负叔，八千里芒鞋徒步，

狮山更比燕山高。

大雄宝殿后面还有一座殿，据说布局不似佛殿，而像皇家的朝廷，有丹陛、品级台。莫非建文帝当了和尚还要坐朝？后殿和惠帝祠都正在修缮，我们没有能进去看。看了惠帝塑像的照片，仍作皇帝的打扮，龙袍，戴着没有翅子的纱帽，端坐着，眼睛细长，胖乎乎的，腮帮子有点下坠。

大雄宝殿东侧有一小院，院中有亭，亭外有联。上联是写景的，没有记住，下联是"小亭曾是帝王居"。据说建文帝生前就住在这亭子里。我们坐在帝王居里的矮凳上喝了一杯茶。亭前花木甚多，木香花花大如小儿拳。

寺里的负责人请大家写字，在所难免。用隶书写了一副对联：

皇权僧钵千年梦；

大地山河一担装。

还请写一个横披,用行书写了四个大字:

    是耶非耶

武定出壮鸡。我原来以为壮鸡就是一肥壮的鸡。不是的。所谓"壮鸡",是把母鸡骟了,长大了,样子就有点像公鸡,味道特别鲜嫩。只有武定人会动这种手术。我只知道公鸡可骟,不知母鸡亦可骟也!

                      一九八七年四月三十日

杨慎在保山

我到保山,有一个愿望:打听杨升庵的踪迹。我请市文联的同志给我找几本地方志。感谢他们,找到了。

我对升庵并没有多少了解。五十年代在北京看过一出川戏《文武打》。这是一出格调古淡的很奇怪的戏,写的是一个迂阔的书生,路上碰到一个酒醉的莽汉,醉汉打了书生几砣,后来又认了错,让书生打他,书生怕打重了,乃以草棍轻击了醉汉几下。这出戏说不上有什么情节。事隔三十多年,我连那点几乎没有的情节也淡忘了。但这两个人物的扮相却分明记得:莽汉穿白布短衫,脖领里斜插了一只红布的灯笼;书生穿青褶子,脸上涂得雪白,浓墨描眉,眼角下弯,两片殷红的嘴唇,像戴了一个面具。这

* 初刊于《大西南文学》一九八七年第十二期,初收于《蒲桥集》。

出戏以丑行应工，但完全没有后来丑角的科诨，演得十分古朴。有人告诉我，这出戏是杨升庵写的。我想这不是不可能的。我还想，很有可能杨升庵当时这出戏就是这样演的，这可以让我们窥见明杂剧的一种演法，这是一件活文物。我曾经搞过几年民间文学，读了升庵刊辑录的古今谣谚。因此，对升庵颇有好感。

七十年代，我到过四川新都，这是杨升庵的老家。新都有个桂湖，环湖都植桂花。湖畔有升庵祠。桂湖不大，逛一圈毫不吃力。看了一点关于升庵的材料，想了四句诗：

桂湖老桂弄新姿，

湖上升庵旧有祠。

一种风流谁得似？

状元词曲罪臣诗。

升庵名慎，字用修，升庵乃其别号。他年轻时即负才名。正德间试进士第一，其时他大概是十八九岁，可谓少年得志。到明世宗时以"议大礼"得罪，谪戍永昌，这时他大概三十四岁左右。他死于一五五九年，七十一岁，一直流放在永昌，未能归蜀。永昌府在明代管属地区甚广，一直延及西双版纳，但是府治在今保山。杨升庵也以住保山的时候为多。算起来，他在保山呆了大概有三十七年左右。可谓久矣。

杨慎在保山是如何度过这三十七年的呢？

曾在一本书里看到，他醉则乘篮舆过市，插花满头。陈老莲曾画升庵醉后图，面色酡红，相当胖，插花满头，但是由侍儿扶着步走，并未乘舆。

《康熙通志》曰："杨慎戍永昌，遍游诸郡，所至携倡伶以随。曼酋欲求其诗不可得，乃以白绫作袯，遗服之。酒后乞诗，杨欣然命笔，醉墨淋漓，挥满裙袖，重价购归。杨知之更以为快。"

"袯"字未经见，《辞海》也不收，我怀疑这是倡伶的水袖。

这样看起来，升庵在保山是仍然保持诗人气质，放诞不羁的。"所至携倡伶以随"，生活也相当优裕，不像是下放劳动，靠挣工分吃饭。但是他的内心是痛苦的。放诞，正是痛苦的一种表现。他在保山，多亏了他的母叔保山张志淳和忘年诗友张志淳的儿子张含的照顾。张含《丙寅除夕简杨用修》诗曰："征途易老百年身，底事光阴改换频。子美生涯浑烂醉，叔伦寥落又逢春。诗魂豪荡不可捉，乡梦渺茫何足真。独把一杯饯残岁，尽情灯火伴愁人。"

丙寅是一五六六年，其时升庵已经死了七年了，"寅"字可能是个错字，或当作"丙辰"。丙辰是一五五六年，距升庵谪戍已经有多年了。这些年他只能于烂醉中度过。

增加杨升庵生活的悲剧性，是他和夫人黄娥的长期离别。黄娥也是才女，能诗。

《永昌府志》曰："杨用修久戍滇中，妇黄氏寄一律曰：'雁飞曾不到衡湘，锦字何由寄永昌。三春花柳妾薄命，六诏风烟君断肠。曰归曰归愁岁暮，其雨其雨怨朝阳。相怜空有刀环约，何日金鸡下夜郎？'"这首诗我在升庵祠的壁上曾见过石刻的原迹。我很怀疑这只是黄夫人独自的思念，没有寄到升庵手里，"锦字何由寄永昌"，只是欲寄而不达，说得很清楚。一个女诗人，盼丈夫回来，盼了三十多年，想一想，能不令人泪下？

"何日金鸡下夜郎？"杨慎本来可以赦回四川了，但是，《康熙通志》曰："杨慎归蜀，年已七十余，而滇士有谗之抚臣王昺者。昺，俗戾人也，使四指挥以银铛锁来滇。慎不得已至滇，则昺以墨败；然慎不能归，病寓禅寺以殁。"

乍一看这一条材料，我颇觉新奇，"以银铛锁来滇"，用银练子把杨升庵锁回云南，那是很好看的。后来一想，这"银"字是个刻错了的字，原字当是"银"。"银铛"是铁练。杨升庵还是被用铁链锁回来的。王昺是个"俗戾人"，不会干出用银练锁人这样的韵事。这位王昺不过是地区和省一级之间的干部,竟能随便把一位诗人用铁练锁回来,令人发指!王昺因贪污而垮台("以墨败"),然而杨慎却以七十余岁的高龄病死在寺庙里了。

　　杨慎到底犯了什么罪?"议大礼"。"议大礼"是怎么回事?我没有弄清楚。也不大容易弄清楚,因为《升庵集》大概不会收这篇文章。但是想起来不外是于当时的某种制度发表了一通议论,杨升庵犯的是言论自由罪。

一九八七年五月一日

太监念京白

京剧里的太监都念京白（一般生、旦都念"韵白"，架子花偶尔念几句京白——行话叫"改口"，花旦多念京白，但也有念韵白的），《法门寺》的刘瑾的"自报家门"是其代表。特别是经金少山那么一念："咱家，姓刘名瑾，字表春华，乃是陕西延安府的人氏。自幼儿七岁净身，九岁进宫，一十三岁，伺候老王，老王驾崩，扶保正德皇帝登基。我与万岁，明是君臣，暗同手足的一般……"吐字归音，铿锵顿挫，让人相信，太监就是那样说话的。

大概从明朝起（更准确地说，从永乐年间起），太监就说一种特殊韵味的京白，不论在宫里、宫外，在京、出京。

---
* 初刊于一九八七年十一月三日香港《大公报》，初收于《蒲桥集》。

《陶庵梦忆·龙山放灯》：

"万历辛丑年，父叔辈张灯龙山……庙门悬禁条，禁车马，禁烟火，禁喧哗，禁豪家奴不得行辟人。……十六夜，张分守宴织造太监于山巅星宿阁，傍晚至山下，见禁条，太监忙出舆笑曰：'"遵他！遵他！自咱们遵他起。"'

张岱文每喜用口语写人物对话。这一篇写织造太监的说话如闻其声，是口语，而且是地道的京白。

明朝的太监横行天下，他们有一个特点是到哪里都说京白。王世贞《弇山堂别集·中官考》载：

"西厂太监谷大用遣逻卒四出刺访。江西南庭县民吴登显等三家于端午竞渡，以擅造龙舟捕之，籍其家。自是偏州下邑，见有华衣怒马作京师语音，辄相惊告，官司密赂之，冀免其祸。"

这些"逻卒"都是锦衣卫的太监。

刘瑾说的是什么话呢？他是陕西兴平人（《法门寺》他自称是"陕西延安府的人氏"，差不多），本姓谈，按说该有点陕西口音，但他"幼自宫投中官刘姓者得进，因冒其姓"（《弇山堂别集》），他从小就进了宫，在太监堆里混大，一定已经说得一口太监味儿的京白了。他犯罪被捕，由驸马蔡震审问，他还仰起头来说："若何人？忘我德！"这显然是由记录者把他的话译成文言了。他被捕时，"时夜旦半，瑾宿于内直房，闻喧声，曰，'谁也？'应曰：'有旨。'瑾遂披青蟒衣以出……"（《弇山堂别集》）。这一声"谁也？"还很像是京白。

明清两代太监说京白，是没有问题的。到了民国后，还有《茶馆》里的庞太监，说了那样一口阴阳怪气，听了叫人起鸡皮疙瘩的醋溜京白。

至于明以前的太监，如宋朝的童贯，说的是什么话，就不知道了。《白逼宫》里的穆顺也说京白，不知道有什么根据。

徐文长的婚事

偶读徐文长的杂剧《歌代啸》,顺便把《徐渭集》(中华书局一九八三年版)翻了一遍,对徐文长的生平略有了解。文长是一大奇人。奇事之一是杀妻。把自己的老婆杀了,这在中国文人里还没听说过有第二人。徐文长杀的是其继室张氏,不是原配夫人。

徐文长的原配姓潘。徐文长二十岁订婚,二十一岁结婚。文长自订《畸谱》云:

> 二十岁。庚子,渭进山阴学诸生,得应乡科,归聘潘女。

> 二十一岁。寓阳江,夏六月,婚。

---

*原载于《江那边的国土》(人民文学出版社一九九二年版),初收于北师大版《汪曾祺全集》第五卷。

文长和潘氏夫人是感情很好的。《徐渭集》卷十一：嘉靖辛丑之夏，妇翁潘公即阳江官舍，将令予合婚，其乡刘寺丞公代为之媒，先以三绝见遗。后六年而细子弃帷。又三年闻刘公亦谢世。癸丑冬，徙书室，检旧札见之，不胜凄惋，因赋《七绝》：

一

十年前与一相逢，
光景犹疑在梦中。
记得当时官舍里，
熏风已过荔枝红。

二

华堂日晏绮罗开，
伐鼓吹箫一两回。
帐底画眉犹未了，
寺丞亲着绛纱来。

三

筵前半醉起逡巡，
窄袖长袍妥着身。
若使吹箫人尚在，
今宵应解说伊人。

四

闻君弃世去乘云,
但见缄书不见君。
细子空帷知几度,
争教君不掩荒坟。

五

掩映双鬟绣扇新,
当时相见各青春。
傍人细语亲听得,
道是神仙舍里人。

六

翠帻流尘着地垂,
重论旧事不胜悲。
可怜唯有妆台镜,
曾照朱颜与画眉。

七

箧里残花色尚明,
分明世事隔前生。
坐来不觉西窗暗,
飞尽寒梅雪未晴。

这七首诗除了第四首主要是写刘寺丞的旧札的外,其余六首都是有关潘氏夫人的。癸丑那年,徐文长三十三岁,距离与潘氏结婚已经十二年,离潘之死,也八年了。当时情景,历历在目,文长盖无一日忘之,诗的感情的确是很凄惋的。从诗里看,潘夫人是相当漂亮的。

紧挨着第七首诗后面的是"内子亡十年,其家以甥在,稍还母所服,潞州红衫,颈汗尚泚,余为泣数行下,时夜天大雨雪":

黄金小纽茜衫温,

袖折犹存举案痕。

开匣不知双泪下,

满庭积雪一灯昏。

诗写得很朴实,睹物思人,只是几句家常话,但是感情很真挚,是悼亡诗里的上品。

卷五有《述梦二首》:

一

伯劳打始开,

燕子留不住,

今夕梦中来,

何似当初不飞去?

怜羁雄,

嗟恶侣,

两意茫茫坠晓烟,

门外乌啼泪如雨。

二

跣而濯,

宛如昨,

罗鞋四钩闲不着。

棠梨花下踏黄泥,

行踪不到栖鸳阁。

这两首诗第二首很空灵,第一首则颇质实。看诗意,也是写潘夫人的。诗里写的女人洗脚,不是夫妻咋行?从"怜羁雄,嗤恶侣"看,诗是在文长再娶之后写的,做这个梦时,文长已是四十岁以后了。

徐和潘不但感情好,脾气性格也相投。这位潘夫人生前竟没有名字,她的名字是她死后徐文长给她起的。《亡妻潘墓志铭》曰:"君姓潘氏,生无名字,死而渭追有之。以其介似渭也,名似,字介君。"给夫人起这样一个名字,称得起是知己了。潘夫人地下有知,想也是感激的。《墓志铭》称"介君彗而朴廉,不嫉疾。"徐文长容易生气,爱多心,潘夫人是知道的,每当要跟文长说点正经事,一定先考虑考虑,别说出什么叫徐文长不爱听的话。"与渭正言,必择而后发,恐渭猜,蹈所讳。"看来潘夫人对徐文长迁就的时候多。因此,闺中相处六年,生活是美满的。

文长再婚后,对原先的夫人更加怀念不置。

徐文长共结过三次婚。第二个夫人姓王,只共同生活了三个月左右。《畸谱》:

> 三十九岁。徙师子街。夏,入赘杭之王,劣甚。始被诟而误,秋,绝之,至今恨不已。

四十岁时与张氏订婚,四十一岁与张结婚。四十六岁时杀了张氏。《畸谱》:

> 四十六岁。易复,杀张下狱。隆庆元年丁卯。

徐文长到底为什么要杀妻,这是个弄不清楚的问题。

他和张氏的感情是不好的,甚至很坏,文长对张氏虽不像对王氏那样,认为"劣甚","至今恨不已",但是"怜羁雄,嗤恶侣"的"恶侣"似乎说的是张氏,不是王氏。因为文长入赘王家时间甚短,《述梦》不会是恰恰写于这段时间。文长集中对张只字不提,——他为潘夫人写了多少好诗!《畸谱》中只记了一笔:"杀张下狱",在监狱里所写的诗也只写了对关心他的人、营救他的人表示感谢,对杀妻这件事没有态度,看不出他有什么后悔、内疚。

徐文长杀妻,都说是出于猜疑嫉妒。袁宏道谓"以疑杀其继室",陶望龄谓"渭为人猜而妒,妻死后有所娶,辄以嫌弃(按,此指王氏),至是又击杀其后妇,遂坐法系狱中"。猜疑什么？是疑其不贞？以无据可查，不能妄测。

比较站得住的原因，是文长这时已经得了精神病，他已经疯了。他曾用锥子锥进自己的耳朵。袁宏道《徐文长传》谓"或以利锥锥其两耳，深入寸许，竟不得死"。陶望龄《徐文长传》谓"……遂发狂，引巨锥刺耳，刺深数寸，流血几殆。"这是文长四十五岁时的事。《畸谱》：

四十五岁。病易。丁其耳，冬稍瘳。

杀妻是四十六岁，相隔不到一年，他的疯病本没有好，这年又复发了。

一个人干得出用锥子锥自己的耳朵，干出像杀妻这样的事，就不是完全不可想象的了。

一个人为什么要发疯？因为他是天才。

梵高为什么要发疯，你能解释清楚吗？

一九九一年六月十三日

继　母

林则徐的女儿嫁沈葆桢,病笃,自知不治,写了一副对联留给沈葆桢和她的女儿:

> 我别良人去矣。大丈夫何患无妻。若他年重结丝罗,莫对生妻谈死妇。

> 汝从严父戒哉。小妮子终当有母。倘异日得蒙扶养,须知继母即亲娘。

（引自一九九三年十一期《女声》杂志）

这实际上是一篇遗嘱。病危之时,不以自己的生死萦怀,没有多少生离死别的悲悲切切,而是拳拳以丈夫和继室,女儿和后母处好关系为念,真是难得。老是继室面前

＊初刊于《大家》一九九八年第二期,初收于北师大版《汪曾祺全集》第六卷。

谈前妻，总是会使继室在感情上不舒服的。前娘的女儿对后娘总不会那么亲，久之，便会产生隔阂。使她放心不下的，唯此二事，所以言之谆谆。话说得既通达，又充满人情。这真是大家风范，不愧是林则徐的女儿。

由此我想起一个与后娘有关的评剧小戏，《鞭打芦花》，是写闵子骞的。闵子骞的母亲死了，他父亲又续娶了一房。后房生了两个儿子。一天，下大雪，闵子骞的父亲命三个儿子驾车外出，闵子骞的父亲看见大儿子抱肩耸背，不使劲，很生气，抽了他一鞭。一鞭下去，闵子骞的上袄裂开了，闵子骞的父亲怔了：袄里絮的不是棉花，是芦花！闵子骞的父亲大为生气，怎么可以对前房的儿子这样呢！他要把这个后老伴休了。闵子骞说千万使不得，跪在雪地上说了两句话：

母在一子单，

母去三子寒。

这是两句非常感人的话。

闵子骞是孔子的学生，是个孝子。孔子称赞他说："孝哉闵子骞！人不间于其父母昆弟之言。"（《论语·先进》）。"鞭打芦花"有没有这回事，未见记载。我想是民间艺人编出来的戏，这样富于生活气息的细节，也只有民间艺人能够想得出。这是一出说教的戏，但是编得很艺术，很感人。过去在农村演出，到"母在一子单，母去三子寒"，有的妇女会流泪，甚至会哭出声来的。

继母是不好当的。"继母"在旧社会一直是一个不好解决的家庭问题、社会问题、伦理道德问题。一般继母对自己生的儿女即便是打是骂，也还是疼的，因为照京郊农村小戏所说，这是"我生的，我养的，我锄的，我耪的！"而对前房的子女，则是"隔层肚皮隔重山"。这种关系，需要协调。怎么协调？"亦唯忠恕而已矣"。

林则徐的女儿的遗联，《鞭打芦花》的情节，直接间接都受了儒家思想的影响。林则徐的女儿出身书香门第，曾读孔孟之书，自不必说。《鞭打芦花》的编剧艺人未必读过《论语》（但是一出土生土长的民间小戏却以一个孔夫子的弟子作主角，这是值得深思的），但是这位（或这些）剧作者掌握了儒家思想最精粹的内核：人情。

现在实行一对夫妻只生一个孩子的政策，"继母"问题已经不那么尖锐，不那么普遍了，但是由此涉及的伦理道德问题并没有解决，即如何为人母。

有些与"继母"毫不相干的社会现象，从伦理道德角度来看，即所谓"人际关系"，其实是相通的，即怎样"做人"。

一个国家，一个民族，一个时代，总要有它的伦理道德观念。我们今天的伦理道德观念从什么地方取得？我看只有从孔夫子那里借鉴，曰仁心，曰恕道，或者如老百姓所说：讲人情。如果一个时代没有道德支柱，只剩下赤裸裸的自私和无情，将是极其可怕的事。我们现在常说提高民族的素质，什么素质？应该是文化素质、心理素质、伦理道德素质。

我觉得林则徐的女儿的遗联、《鞭打芦花》，对提高民族伦理道德素质，是有作用的。

一九九三年十一月十八日

早茶笔记

解题:我每天早起第一件事便是喝茶。喝茶就是喝茶而已,和我们家乡"吃早茶"不一样。我的家乡人有吃早茶的习惯。吃早茶其实是吃早点,吃包子、蒸饺、烧卖,还有煮干丝或烫干丝,有点像广东的"饮茶",——当然,茶是要喝的。扬州一带人"早上皮包水",即是指的吃早茶。我空着肚子喝茶时总要一个人坐着胡思乱想。有时想到一点有意思的事,就写了下来。把这些随手写下来的片段叫个什么名字好呢?就叫做《早茶笔记》吧。

我是爱读笔记的。我的某些小说也确是受了笔记的影响,但我并无创立现代笔记小说这一文体之意。现在有的

---

* 初刊于《今古传奇》一九八九年第二期,系《早茶笔记》之一;初收于北师大版《汪曾祺全集》第四卷。

评论家像这样的称呼我的小说了，也是可以的吧。

现代笔记小说当然是要接续古代笔记小说的传统的，但是不必着意摹仿古人。既是现代笔记，总得有点"现代"的东西。第一是思想，不能太旧；第二是文笔，不能有假古董气。老实说，现在笔记体小说颇为盛行，我是有几分担心的。

断　笔

这个故事已经有很多人写过了。

昆明人都知道这个故事。

昆明西山龙门，陡峭壁立，直上直下。登龙门，俯瞰滇池，帆影烟波，尽在眼底。不能久看，久看使人眩目。山顶有座魁星阁。据说由山下登山的石级，是一个道士以一人之力依山形开凿出来的。魁星阁的阁顶、屋脊、梁柱都是在整块的岩石上凿出来的。阁中的魁星像也是就特意留出的一块青石上凿成的。这道士把魁星像凿成了，只剩下魁星手中点斗的一枝笔了，他松了一口气，微微一笑。不想手中的錾子用力稍猛，铿的一声，笔断了！道士扔下锤子錾子，张开双臂，从山上跳了下去。

（现在魁星手中的笔是后配的。）

这个故事是真实的吗？

故事也许是虚构的。

但是故事的思想是真实的。

八指头陀

八指头陀法号指南，是我的祖父学佛的师父。他原是我们县最大的寺庙善因寺的方丈，退居后住在三圣庵。祖父曾带我去看过他（我到现在还不明白祖父为什么要带我去看这位老和尚，那时我还很小）。三圣庵是一个很小的庙子，地方很荒僻，在大淖旁边，周围没有人家，只是一些黄叶枯枝的杂树林子，一片吐着白絮的芦苇。一条似有若无的小路，小路平常似乎没有人走。小路尽处，是一个青砖瓦顶的小庵，孤伶伶的。

我记不清老和尚的年龄，只记得他干瘦干瘦的，穿了一件很旧的，但是干干净净的衲衣。

指南和尚没有什么特别处。一是他退居得比较早（后来善因寺的方丈是他的徒弟铁桥），一是祖父告诉我，他曾在香炉里把两只手的食指烧掉，因此自号八指头陀。

我没有看见他烧掉食指的手是什么样子,因为他始终把他的手放在衲衣的袖子里。

我不知道和尚为什么要烧掉手指,我想无非是考验自己的坚忍吧。不管怎么说,这是常人办不到的。

祖父对他很恭敬。我对他也很恭敬。我一直记得那座隐藏在黄叶芦苇中的小庵。

耿庙神灯

我小时候非常向往耿庙神灯,总希望能够看到一次。

天气突变,风浪大作,高邮湖上,天色浓黑,伸手不见五指,客船、货船、渔船全都失去方向,在大风浪里乱转,弄船的舵师水手惊慌失措。正在危急之际,忽然抬头一望,只见半空中出现了红灯。据说,有时两盏,有时四盏,有时六盏,多的时候能有八盏。或排列整齐,或错落有序,微微起落,红光熠熠。水手们欢呼:"七公显灵了!七公显灵了!"船户朝红灯奋力划去,就会直达高邮县城。这就是"耿庙神灯","秦邮八景"之一。

多美的红灯呀!

七公是真有这个人的,姓耿,名遇德,生于北宋大中五年,山东兖州府东平州梁山泊人,排行第七,人称七公。后来隐居高邮,在高邮湖边住,有人看到他坐了一个蒲团泛湖上。

七公为高邮人做了很多好事,死后邑人为他立了庙,叫做"七公殿"。

有一年,运河决口,黑夜中见一盏红灯渐渐移近决口处,不知从哪里漂来很多柴草,把决口堵住了。人们隐隐约约看到一个紫衣人坐在柴草上,相貌很像七公殿里的七公塑像。

七公殿是一座庙,也是一个地名。我们小时常到七公殿去玩。

我的侄孙辈大概已经不知道什么"耿庙神灯"了。

一九八八年十月二十一日

吴雨僧先生二三事

吴宓（雨僧）先生相貌奇古。头顶微尖，面色苍黑，满脸刮得铁青的胡子，有学生形容他的胡子之盛，说是他两边脸上的胡子永远不能一样：刚刮了左边，等刮右边的时候，左边又长出来了。他走路很快，总是提了一根很粗的黄藤手杖。这根手杖不是为了助行，而是为了矫正学生的步态。有的学生走路忽东忽西，挡在吴先生的前面，吴先生就用手杖把他拨正。吴先生走路是笔直的，总是匆匆忙忙的。他似乎没有逍遥闲步的时候。

吴先生是西语系的教授。他在西语系开了什么课我不知道。他开的两门课是外系学生都可以选读或自由旁听

---

* 初刊于《今古传奇》一九八九年第三期，系《早茶笔记》之二；初收于北师大版《汪曾祺全集》第四卷。

的。一门是"中西诗之比较",一门是"红楼梦"。

"中西诗之比较"第一课我去旁听了。不料他讲的第一首诗却是:

> 一去二三里,烟村四五家,楼台六七座,八九十枝花。

吴先生认为这种数字的排列是西洋诗所没有的。我大失所望了,认为这讲得未免太浅了,以后就没有再去听,其实讲诗正应该这样:由浅入深。数字入诗,确也算得是中国诗的一个特点。骆宾王被人称为"算博士"。杜甫也常以数字为对,如"两个黄鹂鸣翠柳,一行白鹭上青天","窗含西岭千秋雪,门泊东吴万里船"。吴先生讲课这样的"卑之无甚高论",说明他治学的朴实。

"红楼梦"是很"叫座"的,听课的学生很多,女生尤其多。我没有去听过,但知道一件事。他一进教室,看到有些女生站着,就马上出门,到别的教室去搬椅子。——联大教室的椅子是不固定的,可以搬来搬去。吴先生以身作则,听课的男士也急忙蜂拥出门去搬椅子。到所有女生都已坐下,吴先生才开讲。吴先生讲课内容如何,不得而知。但是他的行动,很能体现"贾宝玉精神"。

文林街和府甬道拐角处新开了一家饭馆,是几个湖南学生集资开的,取名"潇湘馆",挂了一个招牌。吴先生见了很生气，上门向开馆子的同学抗议：林妹妹的香闺怎么可以作为一个饭馆的名字呢！开饭馆的同学尊重吴先生的感情，也很知道他的执拗的脾气，就提出一个折中的方案，加一个字，叫做"潇湘饭馆"。吴先生勉强同意了。

听说陈寅恪先生曾说吴先生是《红楼梦》里的妙玉，吴先生以为知己。这个传说未必可靠，也许是哪位同学编出来的。但编造得颇为合理，这样的编造安在陈先生和吴先生的头上，都很合适。

吴先生长期过着独身生活，吃饭是"打游击"。他经常到文林街一家小饭馆去吃牛肉面。这家饭馆只有一间门脸，卖的也只是牛肉面。小饭馆的老板很尊重吴先生。抗战期间，物价飞涨，小饭馆随时要调整价目。每次涨价，都要征得吴先生同意。吴先生听了老板说明涨价的理由，把老的价目表撤下，在一张红纸上用毛笔正楷写一张新的价目表贴在墙上：炖牛肉多少钱一碗，牛肉面多少钱一碗，净面多少钱一碗。

抗战胜利，三校（西南联大是清华、北大、南开联合起来的）复员，不知道为什么吴先生没有回清华（他是老清华了），我就没有再见到吴先生。有一阵谣传他在四川出了家，大概是因为他字"雨僧"而附会出来的。后来打听到他辗转在武汉大学、香港大学教书，最后落到北碚师范学院。"文化大革命"中挨斗得很厉害。罪名之一,是他曾是"学衡派",被鲁迅骂过。这是一篇老账了,不知道造反派怎么翻了出来。他在挨斗中跌断了腿。他不能再教书,一个月只能领五十元生活费。他花三十七块钱雇了一个保姆,只剩下十三块钱,实在是难以度日,后来他回到陕西,死在老家。吴先生可以说是穷困而死。一个老教授,落得如此下场,哀哉!

一九八九年一月七日

和 尚

铁 桥

我父亲续娶,新房里挂了一幅画,——一个条山,泥金地,画的是桃花双燕,题字是:"淡如仁兄新婚志喜弟铁桥遥贺";两边挂了一副虎皮宣的对联,写的是:

蝶欲试花犹护粉

莺初学啭尚羞簧

落款是杨遵义。我每天看这幅画和对子,看得很熟了。稍稍长大,便觉出这副对子其实是很"黄"的。杨遵义是我们县的书家,是我的生母的远房兄弟。一个舅爷为

---

* 初刊于《今古传奇》一九八九年第五期,系《早茶笔记》之三;初收于北师大版《汪曾祺全集》第四卷。

姐夫（或妹夫）续弦写了这样一副对子，实在不成体统。铁桥是一个和尚。我父亲在新房里挂了一幅和尚的画，全无忌讳；这位铁桥和尚为朋友结婚画了这样华丽的画，且和俗家人称兄道弟，也着实有乖出家人的礼教。我父亲年轻时的朋友大都有些放诞不羁。

我写过一篇小说《受戒》，里面提到一个和尚石桥，原型就是铁桥。他是我父亲年轻时的画友。他在本县最大的寺庙善因寺出家，是指南方丈的徒弟。指南戒行严苦，曾在香炉里烧掉两个指头，自称八指头陀。铁桥和师父完全是两路。他一度离开善因寺，到江南云游。曾在苏州一个庙里住过几年。因此他的一些画每署"邓尉山僧"，或题"作于香雪海"。后来又回善因寺。指南退居后，他当了方丈。善因寺是本县第一大寺，殿宇精整，庙产很多。管理这样一个大庙，是要有点才干的，但是他似乎很清闲，每天就是画画画，写写字。他的字写石鼓，学吴昌硕，很有功力。画法任伯年，但比任伯年放得开。本县的风雅子弟都乐与往还。善因寺的素斋极讲究，有外面吃不到的猴头、竹荪。

铁桥有一个情人，年纪很轻，长得清清雅雅，不俗气。

我出外多年，在外面听说铁桥在家乡土改时被枪毙了。善因寺庙产很多,他是大地主。还有没有其他罪恶,就不知道了。听说家乡土改中枪毙了两个地主。一个是我的一个远房舅舅,也姓杨。

一九八一年,我回了家乡一趟,饭后散步,想去看看善因寺的遗址,一点都认不出来了,拆得光光的。

因为要查一点资料,我借来一部民国年间修的县志翻了两天。在"水利"卷中发现:有一条横贯东乡的水渠,是铁桥主持修的。哦?铁桥还做过这样的事?

静融法师

我有一方很好的图章,田黄"都灵坑",犀牛纽,是一个和尚送给我的。印文也是他自刻的,朱文,温雅似浙派,刻得很不错(田黄的印不宜刻得太"野",和石质不相称)。这个和尚法名静融,一九五一年和我一同到江西参加土改,回北京后,送了我这块图章。章不大,约半寸见方(田黄大的很少),我每为人作小幅字画,常押用,算来已经三十七八年了。

这次土改是全国性的,也是最后的一次,规模很大。我们那个土改工作团分到江西进贤。这个团的成员什么样的人都有。有大学教授、小学校长、中学教员、商业局的、园林局的、歌剧院的演员、教会医院的医生、护士长,还有这位静融法师。浩浩荡荡,热热闹闹。

我和静融第一次有较深的接触,是说服他改装。他参加工作团时穿的是僧衣——比普通棉袄略长的灰色斜领棉衲。到了进贤,在县委学文件,领导上觉得他穿了这样的服装下去,影响不好,决定让他换装。静融不同意,很固执。找他谈了几次话,都没用。后来大家建议我找他谈谈,说是他跟我似乎很谈得来。我不知道跟他说了一通什么把马列主义和佛教教义混杂起来的歪道理,居然把他说服了。其实不是我的歪道理说服了他,而是我的态度较好,劝他一时从权,不像别的同志,用"组织性"、"纪律性"来压他。静融临时买了一套蓝卡叽布的干部服,换上了。

我们的小组分到王家梁。一进村,就遇到一个难题:一个恶霸富农自杀了。这个地方去年曾经搞过一次自发性的土改,这个恶霸富农被农民打得残废了,躺在床上一年多,听说土改队进了村,他害怕斗争,自杀了。他自杀的办法很特别,用一根扎腿的腿带,拴在竹床的栏干上,勒住脖子,躺着,死了。我还没有听说过人躺着也是可以吊死的。我们对这种事毫无经验,不知应该怎么办。静融走上去,左右开弓打了富农两个大嘴巴,说:"埋了!"我问静融:"为什么要打他两个嘴巴?"他说:"这是法医验尸的规矩。"原来他当过法医。

静融跟我谈起过他的身世。他是胶东人。除了当过法医,他还教过小学,抗日战争时期拉过一支游击队,后来出了家。在北京,他住在动物园后面的一个庙里(是五塔寺么)。北京解放,和尚都要从事生产。他组织了一个棉服厂,主办一切。这人的生活经历是颇为复杂的。可惜土改工作紧张,能够闲谈的时候不多,我所知者,仅仅是这些。

静融搞土改是很积极的。我实在不知道他是怎样把阶级斗争和慈悲为本结合起来的,他的社会经验多,处理许多问题都比我们有办法。比如算剥削账,就比我们算得快。

我一直以为回北京后能有机会找他谈谈,竟然无此缘分。他刻了一方图章,到我家来,亲自送给我,未接数言,匆匆别去。我后来一直没有再看到过他。

静融瘦瘦小小,但颇精干利索。面黑,微有几颗麻子。

阎和尚

阎长山（北京市民叫"长山"的特多）是剧院舞台工作队的杂工，但是大家都叫他阎和尚。我很纳闷：

"为什么叫他阎和尚？"

"他是当过和尚。"

我刚到北京时，看到北京和尚，以为极奇怪。他们不出家，不住庙，有家，有老婆孩子。他们骑自行车到人家去念佛。他们穿了家常衣服，在自行车后架上夹了一个包袱，里面是一件行头——袈裟，到了约好的人家，把袈裟一披，就和别的和尚一同坐下念经。事毕得钱，骑车回家吃炸酱面。阎和尚就是这样的和尚。

阎和尚后来到剧院当杂工，运运衣箱道具，也烧过水锅，管过"彩匣子"（化装用品），但并不讳言他当过和尚。剧院很多人都干过别的职业。一个唱二路花脸的在搭不上班的年头卖过鸡蛋，后来落下一个外号："大鸡蛋"。一个检场的卖过糊盐。早先北京有人刷牙不用牙膏牙粉，而用炒糊的盐，这一天能卖多少钱？有人蹬过三轮，拉过排子车。剧院这些人干过小买卖、卖过力气，都是为了吃饭。阎和尚当过和尚，也是为了吃饭。

赵树理同志二三事

赵树理同志身高而瘦。面长鼻直,额头很高。眉细而微弯,眼狭长,与人相对,特别是倾听别人说话时,眼角常若含笑。听到什么有趣的事,也会咕咕地笑出声来。有时他自己想到什么有趣的事,也会咕咕地笑起来。赵树理是个非常富于幽默感的人。他的幽默是农民式的幽默,聪明,精细而含蓄,不是存心逗乐,也不带尖刻伤人的芒刺,温和而有善意。他只是随时觉得生活很好玩,某人某事很有意思,可发一笑,不禁莞尔。他的幽默感在他的作品里和他的脸上随时可见(我很希望有人写一篇文章,专谈赵树理小说中的幽默感,我以为这是他的小说的一个很

---

* 初刊于《今古传奇》一九九〇年第五期,系《早茶笔记》之四;初收于北师大版《汪曾祺全集》第五卷。

大的特点）。赵树理走路比较快（他的腿长；他的身体各部分都偏长，手指也长），总好像在侧着身子往前走，像是穿行在热闹的集市的人丛中，怕碰着别人，给别人让路。赵树理同志是我见到过的最没有架子的作家，一个让人感到亲切的、妩媚的作家。

树理同志衣著朴素，一年四季，总是一身蓝卡叽布的制服。但是他有一件很豪华的"行头"，一件水獭皮领子、礼服呢面的狐皮大衣。他身体不好，怕冷，冬天出门就穿起这件大衣来。那是刚"进城"的时候买的。那时这样的大衣很便宜，拍卖行里总挂着几件。奇怪的是他下乡体验生活，回到上党农村，也是穿了这件大衣去。那时作家下乡，总得穿得像个农民，至少像个村干部，哪有穿了水獭领子狐皮大衣下去的？可是家乡的农民并不因为这件大衣就和他疏远隔阂起来，赵树理还是他们的"老赵"，老老少少，还是跟他无话不谈。看来，能否接近农民，不在衣裳。但是敢于穿了狐皮大衣而不怕农民见外的，恐怕也只有赵树理同志一人而已。——他根本就没有考虑穿什么衣服"下去"的问题。

他吃得很随便。家眷未到之前，他每天出去"打游击"。他总是吃最小的饭馆。霞公府（他在霞公府市文联宿舍住了几年）附近有几家小饭馆，树理同志是常客。这种小饭馆只有几个菜。最贵的菜是小碗坛子肉,最便宜的菜是"炒和菜盖被窝"——菠菜炒粉条,上面盖一层薄薄的摊鸡蛋。树理同志常吃的菜便是炒和菜盖被窝。他工作得很晚,每天十点多钟要出去吃夜宵。和霞公府相平行的一个胡同里有一溜卖夜宵的摊子。树理同志往长板凳上一坐,要一碗馄饨,两个烧饼夹猪头肉,喝二两酒,自得其乐。

喝了酒,不即回宿舍,坐在传达室,用两个指头当鼓箭,在一张三屉桌子打鼓。他打的是上党梆子的鼓。上党梆子的锣经和京剧不一样,很特别。如果有外人来,看到一个长长脸的中年人,在那里如醉如痴地打鼓,绝不会想到这就是作家赵树理。

赵树理是一个多才多艺的农村才子。王春同志在一篇文章中提到过树理同志曾在一个集上一个人唱了一台戏:口念锣经过门,手脚并用作身段,还误不了唱。这是可信的。我就亲眼见过树理同志在市文联内部晚会上表演过起霸。见过高盛麟、孙毓堃起霸的同志,对他的上党起霸不是那么欣赏,他还是口念锣经,一丝不苟地起了一趟"全霸",并不是比划两下就算完事。虽是逢场作戏,但是也像他写小说、编刊物一样地认真。

赵树理同志很能喝酒,而且善于划拳。他的划拳是一绝：两只手同时用，一会儿出右手，一会儿出左手。老舍先生那几年每年要请两次客，把市文联的同志约去喝酒。一次是秋天，菊花盛开的时候，赏菊（老舍先生家的菊花养得很好，他有个哥哥，精于艺菊，称得起是个"花把式"）；一次是腊月二十三，那天是老舍先生的生日。酒、菜，都很丰盛而有北京特点。老舍先生豪饮（后来因血压高戒了酒），而且划拳极精。老舍先生划拳打通关，很少输的时候。划拳是个斗心眼的事，要捉摸对方的拳路，判定他会出什么拳。年轻人斗不过他，常常是第一个"俩好"就把小伙子"一板打死"。对赵树理，他可没有办法，树理同志这种左右开弓的拳法，他大概还没有见过，很不适应，结果往往败北。

赵树理同志讲话很"随便"。那一阵很多人把中国农村说得过于美好，文艺作品尤多粉饰，他很有意见。他经常回家乡，回来总要做一次报告，说说农村见闻。他认为农民还是很穷，日子过得很艰难。他戏称他戴的一块表为"五驴表"，说这块表的钱在农村可以买五头毛驴。——那时候谁家能买五头毛驴，算是了不起的富户了。他的这些话是不合时宜的，后来挨了批评，以后说话就谨慎一点了。

赵树理同志抽烟抽得很凶。据王春同志的文章说，在农村的时候，嫌烟袋锅子抽了不过瘾，用一个山药蛋挖空了，插一根小竹管，装了一"蛋"烟，狂抽几口，才算解气。进城后，他抽烟卷，但总是抽最次的烟。他抽的是什么牌子的烟，我不记得了，只记得是棕黄的皮儿，烟味极辛辣。他逢人介绍这种牌子的烟，说是价廉物美。

赵树理同志担任《说说唱唱》的副主编，不是挂一个名，他每期都亲自看稿，改稿。常常到了快该发稿的日期，还没有合用的稿子，他就把经过初、二审的稿子抱到屋里去，一篇一篇地看，差一点的，就丢在一边，弄得满室狼藉。忽然发现一篇好稿，就欣喜若狂，即交编辑部发出。他把这种编辑方法叫做"绝处逢生法"。有时实在没有较好的稿子，就由编委之一，自己动手写一篇。有一次没有像样的稿子，大概是康濯同志说："老赵，你自己搞一篇！"老赵于是关起门来炮制。《登记》（即《罗汉钱》）就是在这种等米下锅的情况下急就出来的。

赵树理同志的稿子写得很干净清楚，几乎不改一个字。他对文字有"洁癖"，容不得一个看了不舒服的字。有一个时候，有人爱用"妳"字。有的编辑也喜欢把作者原来用的"你"改"妳"。树理同志为此极为生气。两个人对面说话，本无需标明对方是不是女性。世界语言中第二人称代名词也极少分性别的。"妳"字读"奶"，不读

"你"。有一次树理同志在他的原稿第一页页边写了几句话:"编辑、排版、校对同志注意:文中所有'你'字一律不得改为'妳'字,否则要负法律责任。"

树理同志的字写得很好。他写稿一般都用红格直行的稿纸,钢笔。字体略长,如其人,看得出是欧字、柳字的底子。他平常不大用毛笔。他的毛笔字我只见过一幅,字极潇洒,而有功力。是在劳动人民文化宫见到的。劳动人民文化宫刚成立,负责"宫务"的同志请十几位作家用宣纸毛笔题词,嵌以镜框,挂在会议室里。也请树理同志写了一幅。树理同志写了六句李有才体的通俗诗:

古来数谁大,

皇帝老祖宗。

今天数谁大,

劳动众弟兄。

还是这座庙[1],

换了主人翁!

一九九〇年六月八日

---

[1] 劳动人民文化宫原是太庙。

未 尽 才
——故人偶记

陶 光

陶光字重华,但我们背后都只叫他陶光。他是我的大一国文教作文的老师。西南联大大一教课文和教作文的是两个人。教课文的是教授、副教授,教作文的一般是讲师、助教。陶光当时是助教。陶光面白皙,风度翩翩。他有个特点,上课穿了两件长衫来,都是毛料的,外面一件是铁灰色的,里面一件是咖啡色的。进了教室就把外面一件脱了,挂在墙上的钉子上。外面一件就成了夹大衣。教作文,主要是修改学生的作文,评讲。他有时评讲到得意

---

* 初刊于《三月风》一九九二年第九期,初收于《汪曾祺散文随笔选集》。

处，就把眼睛闭起来，很陶醉。有一个也是姓陶的女同学写了一篇抒情散文，记下雨天听一盲人拉二胡的感受，陶先生在一段的末尾给她加了一句："那湿冷的声音湿冷了我的心。"当时我就记住了。也许是因为第二个"湿冷"是形容词作动词用，有点新鲜。也许是这一句的感伤主义情绪。

他后来转到云南大学教书去了，好像升了讲师。

后来我跟他熟起来是因为唱昆曲。云南大学中文系成立了一个曲社，教学生拍曲子的，主要的教师是陶光。吹笛子的是历史系教员张宗和。陶先生的曲子唱得很好，是跟红豆馆主学过的。他是唱冠生的，嗓子很好，高亮圆厚，底气很足。《拾画叫画》、《八阳》、《三醉》、《琵琶记·辞朝》、《迎像哭像》……都唱得慷慨淋漓，非常有感情。用现在的说法，他唱曲子是很"投入"的。

他主攻的学问是什么，我不了解。他是刘文典的学生，好像研究过《淮南子》。据说他的旧诗写得很好，我没有见过。他的字写得很好，是写二王的。我见过他为刘文典的《〈淮南子〉校注》石印本写的扉页的书题，极有功力。还见过他为一个同学写的小条幅，是写在桃红地子的冷金笺上的，三行：

　　故园东望路漫漫，

双袖龙钟泪不干。

马上相逢无纸笔，

凭君传语报平安。

字有《圣教序》笔意。选了这首唐诗，大概是有所感的，那时已是抗战胜利，联大的老师、同学都作北归之计，他还要滞留云南。他常有感伤主义的气质，触景生情是很自然的。

他留在云南大学教书。我们北上后不大知道他的消息。听说经刘文典作媒，和一个唱滇戏的女演员结了婚。后来好像又离了。滇戏演员大概很难欣赏这位才子。

全国解放前他去了台湾，大概还是教书。后在台湾客死，遗诗一卷。我总觉得他在台湾是寂寞的。

陆

真抱歉，我连他的真名都想不起来了。和他同时期的研究生都叫他"小陆克"。陆克是三十年代美国滑稽电影明星。叫他小陆克是没有道理的。他没有哪一点像陆克，只是因为他姓陆。长脸，个儿很高。两腿甚长，走起路来有点打晃。这个人物有点传奇性，他曾经徒步旅行了大半个中国。所以能完成这一壮举,大概是因为他腿长。

他在云南大学附近的一所中学——南英中学兼一点课,我也在南英中学教一班国文,联大同学在中学兼课的很多,这样我们就比较熟了。他的特点是一天到晚泡茶馆,可称为联大泡茶馆的冠军。他把脸盆、毛巾、牙刷都放在南英中学下坡对面的一家茶馆里,早起到茶馆洗脸,然后泡一碗茶,吃两个烧饼。他的手指特别长,拿烧饼的姿势是兰花手。吃了烧饼就喝茶看书。他好像是历史系的研究生,所看的大都是很厚的外文书。中午,出去随便吃点东西,回来重要一碗茶,接着泡。看书,整个下午。晚上出去吃点东西,回来接着泡。一直到灯火阑珊,才挟了厚书回南英中学睡觉。他看了那么多书,可是一直没见他写过什么东西。联大的研究生、高年级的学生,在茶馆里喜欢高谈阔论,他只是在一边听着,不发表他的见解。他到底有没有才华?我想是有的。也许他眼高手低?也许天性羞涩,不爱表现?

他后来到了重庆,听说生活很潦倒,到了吃不上饭。终于死在重庆。

朱 南 铣

朱南铣是个怪人。我是通过朱德熙和他认识的。德熙和他是中学同学。他个子不高，长得很清秀，一脸聪明相，一看就是江南人。研究生都很佩服他，因为他外文、古文都很好，很渊博。他和另外几个研究生被人称为"无锡学派"，无锡学派即钱钟书学派，其特点是学贯中西，博闻强记。他是念哲学的，可是花了很长时间钻研滇西地理。

他家在上海开钱庄，他有点"小开"脾气。我们几个人：朱德熙、王逊、徐孝通常和他一起喝酒。昆明的小酒铺都是窄长的小桌子，盛酒的是莲蓬大的绿陶小碗，一碗一两。朱南铣进门，就叫"摆满"，排得一桌酒碗。他最讨厌在吃饭时有人在后面等座。有一天，他和几个人快吃完了，后面的人以为这张桌子就要空出来了，不料他把堂倌叫来："再来一遍。"——把刚才上过的菜原样再上一次。

他只看外文和古文的书，对时人著作一概不看。我和德熙到他家开的钱庄去看他，他正躺在藤椅上看方块报。说："我不看那些学术文章，有时间还不如看看方块报。"

他请我们几个人到老正兴吃螃蟹喝绍兴酒。那天他和我都喝得大醉,回不了家,德熙等人把我们两人送到附近一家小旅馆睡了一夜。德熙后来跟我说:"你和他喝酒不能和他喝得一样多。如果跟他喝得一样多,他一定还要再喝。"这人非常好胜。

他后来在人民文学出版社当编辑,研究《红楼梦》。

听说他在咸宁干校,有一天喝醉酒,掉到河里淹死了。

他没有留下什么著作。他把关于《红楼梦》的独创性的见解都随手记在一些香烟盒上。据说有人根据他在香烟盒子上写的一两句话写了很重要的论文。

哲人其萎
——悼端木蕻良同志

端木蕻良真是一位才子。二十来岁，就写出了《科尔沁旗草原》。稿子寄到上海，因为气魄苍莽，风格清新，深为王统照、郑振铎诸先生所激赏，当时就认为这是一部划时代的大小说，应该尽快发表，出版。原著署名"端木红粮"，王统照说"红粮"这个名字不好，亲笔改为"端木蕻良"。从此端木发表作品就用了这个名字。他后在上海等地发表了一些短篇小说，其中《鴜鹭湖的忧郁》最受注意。这篇小说发散着东北黑土的浓郁的芳香，我觉得可以和梭罗古柏比美。端木后将短篇小说结集，即以此篇为书名。

---

* 初刊于《北京文学》一九九七年第三期，初收于北师大版《汪曾祺全集》第六卷。

端木多才多艺。他从上海转到四川，曾写过一些歌词，影响最大的是由张定和谱曲的《嘉陵江上》。这首歌不像"我的家在东北松花江上"那样过于哀伤，也不像"大刀向鬼子们的头上砍去"那样直白，而是婉转深挚，有一种"端木蕻良式"的忧郁，又不失"我必须回去"的信念，因此在大后方的流亡青年中传唱甚广。他和马思聪好像合作写过一首大合唱，我于音乐较为隔膜，记不真切了。他善写旧体诗，由重庆到桂林后常与柳亚子、陈迩冬等人唱和。他的旧诗间有拗句，但俊逸潇洒，每出专业诗人之上。他和萧红到香港后，曾两个人合编了一种文学杂志，那上面发表了一些端木的旧体诗。我只记得一句：

落花无语对萧红

我觉得这颇似李商隐，在可解不可解之间。端木的字很清秀，宗法二王。他的文稿都很干净。端木写过戏曲剧本。他写戏曲唱词，是要唱着写的。唱的不是京剧，却是桂剧。端木能画。和萧红在香港合编的杂志中有的小说插图即是端木手笔。不知以何缘由，他和王梦白有很深的交情。我见过他一篇写王梦白的文章，似传记性的散文，又有小说味道，是一篇好文章！王梦白在北京的画家中是最为萧疏淡雅的，结构重留白，用笔如流水行云，可惜死得太早了。一个人能对王梦白情有独钟，此人的艺术欣赏品味可知矣!

端木到北京市文联后,没有得到应有的重视,不知是什么原因。他被任为创研部主任,这是一个闲职。以端木的名声、资历,只在一个市级文联当一个创研部主任,未免委屈了他。然而端木无所谓。

关于端木的为人,有些议论。不外是两个字,一是冷,二是傲。端木交游不广,没有多少人来探望他,他也很少到显赫的高门大宅人家走动,既不拉帮结伙,也无酒食征逐,随时可以看到他在单身宿舍里伏案临帖,——他写"玉版十三行洛神赋";看书;哼桂剧。他对同人疾苦,并非无动于衷,只是不善于逢年过节,"代表组织"到各家循例作礼节性的关怀。这种"关怀"也实在没有多大意思。至于"傲",那是有的。他曾在武汉呆过一些时。武汉文化人不多,而门户之见颇深,他也不愿自竖大旗希望别人奉为宗师。他和王采比较接近。王采即因酒后鼓腹说醉话:"我是王采,王采是我。王采好快活!"而被划为右派的王采。王采告诉我,端木曾经写过一首诗,有句云:

赖有天南春一树,

不负长江长大潮……

这可真是狂得可以!然而端木不慕荣利,无求于人,"帝力于我何有哉",酒后偶露轻狂,有何不可,何必"世人皆欲杀"!

真知道端木的"实力"的,是老舍。老舍先生当时是市文联主席,见端木总是客客气气的(不像一些从解放区来的中青年作家不知道端木这位马王爷有"三只眼")。老舍先生在一次大家检查思想的生活会上说:"我在市文联只'怕'两个人,一个是端木,一个是汪曾祺。端木书读得比我多,学问比我大。今天听了他们的发言,我放心了。"老舍先生说话有时是非常坦率的。

端木晚年主要力量放在写《曹雪芹》上。有人说端木这一着是失算。因为材料很少,近乎是无米之炊。我于此稍有不同看法。一是作为小说的背景材料是不少的。端木对北京的礼俗,节令,吃食,赛会,搜集了很多,编组织绘,使这大部头小说充满历史生活色彩,人物的活动便有了广宽天地,此亦曹雪芹写《红楼梦》之一法。有些对人物的设计,诚然虚构的成分过大。如小说开头写曹雪芹小时候是当女孩子养活的。有评论家云"这个端木蕻良真是异想天开!说曹雪芹打扮成丫头,有何根据?!"没有根据!然而何必要有根据?这是小说,是充满浪漫主义色彩的小说,不是传记,不是言必有据的纪实文学。是想象,不是考证。我觉得治"红学"的专家缺少的正是想象。没有想象,是书呆子。

端木的身体一直不好。我认识他时他就直不起腰来，天还不怎么冷就穿起貉绒的皮裤，他能"对付"到八十五岁，而且一直还不放笔，写出不少东西，真是不容易。只是我还是有些惋惜，如果他能再"对付"几年，把《曹雪芹》写完，甚至写出《科尔沁旗草原》第二部，那多好！

一九九六年十一月二十八日

一代才人未尽才
——怀念裘盛戎同志

京剧真也好像有一种"气运"。和盛戎同时,中国出现了好些好演员,如:李少春、叶盛兰……他们岁数差不多,天赋、功夫、修养都是上乘。他们都很有创造性。他们是戏曲界的一些才子,京剧界的一代才人。但都因为身心受到长期摧残,过早的凋谢了。郭沫若同志曾借别人挽夏完淳的一句诗来挽闻一多先生:"千古文章未尽才"。我在《裘盛戎》剧本中曾通过盛戎的几个挚友之口,对京剧界的一代才人表示了悼念:"昨日的故人已不在,昨日的花还在开……问大地怎把沉冤载,有多少,有多少才人未尽才!"有才未尽,宁非恨事!

---

*原载于《裘盛戎艺术评论集》(中国戏剧出版社一九八四年版),初收于人民文学版《汪曾祺全集》第四卷。

我和盛戎相知不久。我们一共只合作过两个戏，一个《杜鹃山》、一个小戏《雪花飘》，都是现代戏。

盛戎是听党的话的。党号召演现代戏，他首先欣然响应。我和盛戎最初认识就是和他（还有几个别的人）到天津去看戏，——好像就是《杜鹃山》。演员知道裘盛戎来看戏，都"卯上"了。散了戏，我们到后台给演员道辛苦，盛戎拙于言词，但是他的态度是诚恳的、朴素的，他的谦虚是由衷的谦虚。他是真心实意地来向人家学习来了。回到旅馆的路上，他买了几套煎饼馃子摊鸡蛋，有滋有味地吃起来。他咬着煎饼馃子的样子，表现了很喜悦的怀旧之情和一种天真的童心。我一下子对这个京剧大演员产生了好感。一个搞艺术的人，没有一点童心是不行的。盛戎睡得很晚。晚上他一个人盘腿坐在床上抽烟，一边好像想着什么事，有点出神，有点迷迷糊糊的。不知是为什么，我以后总觉得盛戎的许多唱腔、唱法、身段，就是在这么盘腿坐着的时候想出来的。

盛戎的身体早就不大好。他曾经跟我说过："老汪唉，你别看我外面还好，这里面，——都娄啦！"搞《雪花飘》的时候，他那几天不舒服，但还是跟着我们一同去体验生活。《雪花飘》是根据浩然同志的小说改编的，写的是一个送公用电话的老人的事。我们去访问了政协礼堂附近的一位送电话的老人。这家只有老两口。老头子六十大几了，一脸的白胡茬，还骑着自行车到处送电话。他的老伴很得意地说："头两个月他还骑着二八的车哪，这最近才弄了一辆二六的！"这一家房子很仄逼，但是裱糊得四白落地，墙上贴了好些字条，都是打电话来的人留下的话和各种各样备忘性质的资料，如火车的时刻表、医院地址、二十四节气……两位老人有一个共同的嗜好：养花。那是"十一"前后，满地下摆的都是九花。盛戎在这间屋里坐了好大一会，还随着老头子送了一个电话。

《雪花飘》排得很快，一个星期左右，戏就出来了。幕一打开，盛戎唱了四句带点马派味儿的〔散板〕：

　　打罢了新春六十七哟，

　　看了五年电话机。

　　传呼一千八百日，

　　舒筋活血，强似下棋！

我和导演刘雪涛一听，都觉得"真是这里的事儿！"

《杜鹃山》搞过两次。一次是六四年，一次是六九年。六九年那次我们到湘鄂赣体验了较长时期生活。我和盛戎那时都是"控制使用"，他的心情自然不太好。那时强调军事化，大家穿了"价拨"的旧军大衣，背着行李，排着队。盛戎也一样，没有一点特殊。他总是默默地跟着队伍走，不大说话。但倒也不是整天愁眉苦脸的。我很能理解他的心情。虽然是"控制使用"，但还能戴罪立功，可以工作，可以演戏，他在心里又是很感激的。我觉得从那时起，盛戎发生了一点变化，他变得深沉起来。盛戎平常也是个有说有笑的人，有时也爱逗个乐，但从那以后，我就很少见他有笑影了。他好像总是在想什么心事。用一句老戏词说："满怀心腹事，尽在不言中。"他的这种神气，一直到他死，还深深地留在我的印象里。

那趟体验生活，是够苦的。南方的冬天比北方更难受。不生火，墙壁屋瓦都很单薄。那年的天气也特别，我们在安源过的春节，旧历大年三十，下大雪，同时却又还打雷，下雹子，下大雨，一块儿来！这种天气我还是头一次见哩。盛戎晚上不再穷聊了，他早早就进了被窝。这老兄！他连毛窝都不脱，就这样连着毛窝睡了。但他还是坚持下来了，没有叫一句苦。

和盛戎合作，是非常愉快的。盛戎很少对剧本提意见。他不是不当一回事，没有考虑过，或者提不出意见。盛戎文化不高，他读剧本是有点吃力的。但是他反复地读，盘着腿读。我记得他那读剧本的神气。他读着，微微地摇着脑袋。他的目光有时从老花镜上面射出框外。他摇晃着脑袋，有时轻轻地发出一声："唔。"有时甚至拍着大腿,大声喊叫:"唔!"戏曲界有一个很通俗、很形象的说法,把演员"入了戏","进入了角色",叫做"附了体"。盛戎真是"附了体"。他对剧作者的尊重完全不是出于礼貌。他是真爱上了这个剧,也爱作者。

我和盛戎从未深谈,我们的素养、身世、经历都很不相同,但是我认为我和盛戎在艺术上是"莫逆"。我没有为任何戏曲演员哭过,但是想起盛戎,泪不能止。

盛戎的领悟、理解能力非常之高。他从来不挑"辙口",你写什么他唱什么。写《雪花飘》时,我跟他商量,这个戏准备让他唱"一七",他沉吟着说:"哎呀,花脸唱闭口字……"我知道他这是"放傻",就说:"你那《秦香莲》是什么辙?"他笑了:"'一七',好,唱'一七'!"盛戎十三道辙都响。有一出戏里有一个"灭"字,这是"乜斜","乜斜"是很不好唱的,他照样唱得很响,而且很好听。一个演员十三道辙都响,是很难得的。《杜鹃山》有一场"打长工",他看到被他当作地主奴才的长工身上的累累伤痕,唱道:"他遍体伤痕都是豪绅罪证,我怎能在他的旧伤痕上再加新伤痕?"这是一段〔二六〕转〔流水〕,创腔的时候,我在旁边,说:"老兄,这两句你不能就这样'数'了过去!唱到'旧伤痕上',得有个'过程',就像你当真看到,而且想到一样!"盛戎一听,说:"对!您听听，我再给您来来！"他唱到"旧伤痕上"时唱"散"了，下面加了一个弹拨乐器的单音重复的小"垫头"，"登、登登……"，到"再加新伤痕"再归到原来的"尺寸"，而且唱得很强烈。当时参加创腔的唐在炘、熊承旭同志都说："好极了！"六九年本的《杜鹃山》原来有一大段《烤番薯》，写雷刚被困在山上断了粮，杜小山给他送来两个番薯。他把番薯放在篝火堆里烤着，番薯煳了，烤出了香气，他拾起了番薯，唱道："手握番薯浑身暖，勾起我多少往事到眼前……"他想起"我从小父母双亡讨米要饭，多亏了街坊邻舍问暖嘘寒"，他想起"大革命，造了反，几次遇险在深山，每到有急和有难，都是乡亲接济咱。一块番薯掰两半，曾受深恩三十年！……到如今，山下来了毒蛇胆，杀人放火把父老摧残，我稳坐高山不去管，隔岸观火心怎安！……"（这剧本已经写了十三年了，我手头无打印的剧本，词句全凭记忆追写，可能不尽准确。）创腔的同志对"一块番薯掰两半"不大理解，怕观众听不懂，盛戎说："这有什么不好理解的？！'一块番薯掰两半'，有他吃的就有我吃的！"他把这两句唱得非常感动人，头一句他"虚"着一点唱，在想象，"曾受深恩"，"深恩"用极其深沉浑厚的胸音唱出，"三十年"一泻无余、跌宕不已。盛戎的这两句唱到现在还是绕梁三日，使我一想起就

一代才人未尽才——怀念裘盛戎同志

激动。这一段在后台被称为"烤白薯",板式用的是〔反二黄〕。花脸唱〔反二黄〕虽非创举,当时还是很少见。老北京京剧团的同志对这段"烤白薯"是很少有人忘记的。

后来因为种种原因,台上不"用"裘盛戎了。但他也并不闲着。有人上他家学戏,他总是很认真地说。而且是有教无类,即使那个青年演员条件差,他也还是把着手教。他不上台了,还整天琢磨唱腔。不单花脸,老生、旦角他都研究。他跟我说过:《智取威虎山》的唱腔最好的一句是"支委会上同志们语重心长!"——"心——长!"就"搁"在那儿了,真好!李勇奇唱的"这些兵急人难治病救命"是一段沉思的唱,盛戎说这要用点"程"的唱法。有一长句,当中有几处演员没有唱出,"交"给胡琴了。他说:"要我唱,我全给它唱出来。"他给我一字一板地唱了一段"程派花脸"。他晚年特别精研气口安排,说:"唱花脸,得用多少气呀!我现在岁数大了,不能傻小子睡凉炕,得在气口上下功夫。"《威虎山》李勇奇唱"扫平那威虎山我一马当先",一般气口处理都是"一马当先!"他说:"我不这样唱,我把'当'字唱到'头里':一马当——先——!'当'字唱在后面,'先'字就没有多少气了,'当'字先出,换一口大气,再唱'先'这才有力!"我从盛戎的话里悟出一个道理:演员的气口不一定要和唱词

"句读"一致。——很多剧作者往往在这一点对演员提意见，其实是没有道理的。

盛戎得了病，他并不怎么悲观。他大概已经怀疑或者已经知道是癌症了，跟我说："甭管它是什么，有病咱们瞧病！"他还想唱戏。有一度他的病好了一些，能出来走走了。有一天，他特别请我和唐在炘、熊承旭到他家里吃了一顿饭。那天的菜很精致而清淡，但他简直没有吃几筷子，话也不多，精神倒还是好的。他还是想和我们把《杜鹃山》再搞出来（《杜鹃山》后来又写了一稿）。他为了清静，一个人搬到厢房里住，好看剧本。这个剧本，他简直不离手，他死后，我才听他家里的人说，他夜里躺在床上看剧本，曾经两次把床头灯的罩子烤着了。他病得很沉重了，有一次还用手在床头到处摸，他的夫人知道他要剧本。剧本不在手边，他的夫人就用报纸卷了一个筒子放在他手里，他这才平静下来，安心了。然而有志未酬，他到了没有能再演《杜鹃山》！他临死前几天，我和在炘、承旭到肿瘤医院去看他，他的学生方荣翔把我们领到他的病床前。他的癌细胞已经扩散到脑子里，烤电把半拉脸都烤煳了。他正在昏昏沉沉地半睡着，荣翔轻轻地叫了他两声，他睁开了眼睛，荣翔指指我，问："您还认得吗？"盛戎在枕上微微点了点头，说了一个字"汪"，随即从眼角流出了一大滴眼泪。这一滴眼泪,我永远也忘不了啊。

什么时候才能再出一个裘盛戎呢?

一九八三年一月

铁凝印象

"我对给他人写印象记一直持谨慎态度，我以为真正理解一个人是困难的，通过一篇短文便对一个人下结论则更显得滑稽。"[1]铁凝说得很对。我接受了让我写写铁凝的任务，但是到快交卷的时候，想了想，我其实并不了解铁凝。也没有更多的时间温习一下一些印象的片段，考虑考虑。文章发排在即，只好匆匆忙忙把一枚没有结熟的"生疙瘩"送到读者面前，——张家口一带把不熟的瓜果叫做"生疙瘩"。

四次作代会期间，有一位较铁凝年长的作家问铁凝：

---

* 初刊于一九九七年六月十六日《北京晚报》，初收于北师大版《汪曾祺全集》第六卷。

1 《铁凝文集·五·写在卷首》。

"铁凝,你是姓铁吗?"她正儿八经地回答:"是呀。"这是一点小狡狯。她不姓铁,姓屈,屈原的屈。我不知道她为什么不告诉那年纪稍长的作家实话。姓屈,很好嘛!她父亲作画署名"铁扬",她们姊妹就跟着一起姓起铁来。铁凝有一个值得叫人羡慕的家庭,一个艺术的家庭。铁凝是在一个艺术的环境长大的。铁扬是个"不凡"的画家。——铁凝拿了我在石家庄写的大字对联给铁扬看,铁扬说了两个字:"不凡。"我很喜欢这个高度概括,无可再简的评语,这两个字我可以回赠铁扬,也同样可以回赠给他的女儿。铁凝的母亲是教音乐的。铁扬夫妇是更叫人羡慕的,因他们生了铁凝这样的女儿。"生子当如孙仲谋",生女当如屈铁凝。上帝对铁扬一家好像特别钟爱。且不说别的,铁凝每天要供应父亲一瓶啤酒。一瓶啤酒,能值几何?但是倒在啤酒杯里的是女儿的爱!

上帝在人的样本里挑了一个最好的,造成了铁凝。又聪明,又好看。四次作代会之后,作协组织了一场晚会,让有模有样的作家登台亮相。策划这场晚会的是疯疯癫癫的张辛欣和《人民文学》的一个胖胖乎乎的女编辑,——对不起,我忘了她叫什么。二位一致认为,一定得让铁凝出台。那位小胖子也是小疯子的编辑说:"女作家里,我认为最漂亮的是铁凝!"我准备投她一票,但我没有表态,因为女作家选美，不干我这大老头什么事。

铁凝长得不高不矮，不胖不瘦。两腿修长，双足秀美，行步动作都很矫健轻快。假如要用最简练的语言形容铁凝的体态，只有两个最普通的字：挺拔。她面部线条清楚，不是圆乎乎地像一颗大青白杏儿。眉浓而稍直，眼亮而略狭长。不论什么时候都是精精神神，清清爽爽的，好像是刚刚洗了一个澡。我见过铁凝的一些照片。她的照片大致可分为两类。一类是露齿而笑的。不是"巧笑倩兮"那样自我欣赏，也叫人欣赏的"巧笑"，而是坦率真诚，胸无渣滓的开怀一笑。一类是略带忧郁地沉思。大概这是同时写在她的眉宇间的性格的两个方面。她有时表现出有点像英格丽·褒曼的气质，天生的纯净和高雅。有一张放大的照片，梳着蓬松的鬈发（铁凝很少梳这样的发型），很像费雯丽。当我告诉铁凝，铁凝笑了，说："又说我像费雯丽，你把我越说越美了。"她没有表示反对。但是铁凝不是英格丽·褒曼，也不是费雯丽，铁凝就是铁凝，世间只有一个铁凝。

铁凝胆子很大。我没想到她爱玩枪，而且枪打得不错。她大概也敢骑马！她还会开汽车。在她挂职到涞水期间，有一次乘车回涞水，从驾驶员手里接过方向盘，呼呼就开起来。后排坐着两个干部，一个歪着脑袋睡着了，另一个推醒了他,说:"快醒醒!你知道谁在开车吗?——铁凝!"睡着了的干部两眼一睁,睡意全消。把性命交给这么个姑奶奶手上,那可太玄乎了!她什么都敢干。她写东西也是这样:什么都敢写。

铁凝爱说爱笑。她不是腼腆的,不是矜持渊默的,但也不是家雀一样叽叽喳喳,吵起来没个完。有一次我说了一个嘲笑河北人的有点粗俗的笑话:一个保定老乡到北京,坐电车,车门关得急,把他夹住了。老乡大叫:"夹住俺腚了!夹住俺腚了!"售票员问:"怎么啦!"——"夹住俺腚了!"售票员明白了,说:"北京这不叫腚。"——"叫什么?"——"叫屁股。"——"哦!"——"老大爷你买票吧。您到哪儿呀?"——"安屁股门!"铁凝大笑,她给续了一段:"车开了,车上人多,车门被挤开了,老乡被挤下去了,——哦,自动的!"铁凝很有幽默感。这在女作家里是比较少见的。

关于铁凝的作品,我不想多谈,因为我只看过一部分,没有时间通读一遍,就印象言,铁凝的小说也可以大致分为两类。一类是像《哦,香雪》一样清新秀润的。"清新"二字被人用滥了,其实这是很不容易做到的。河北省作家当得起清新二字的,我看只有两个人,一是孙犁,一是铁凝。这一类作品抒情性强,笔下含蓄。另一类,则是社会性较强的,笔下比较老辣。像《玫瑰门》里的若干章节,如"生吃大黄猫",下笔实可谓带着点残忍,惊心动魄。王蒙深为铁凝丢失了清新而惋惜,我见稍有不同。现实生活有时是梦,有时是严酷的,粗砺的。对粗砺的生活只能用粗砺的笔触写之。即使是女作家,也不能一辈子只是写"女郎诗"。我以为铁凝小说有时亦有男子气,这正是她在走向成熟的路上迈出的坚实的一步。

我很希望能和铁凝相处一段时间,仔仔细细读一遍她的全部作品,好好地写一写她,但是恐怕没有这样的机遇。而且一个人感觉到有人对她跟踪观察,便会不自然起来。那么到哪儿算哪儿吧。

一九九七年五月八日凌晨

贾平凹其人

贾平凹是当代中国作家里的奇才。他今年三十七岁,写了三十八本书。短篇、中篇、长篇都写。散文自成一格。间或也写诗。他的书摆在地下,可以超过他的膝盖。写得多的作家也有。有人长篇不过月,中篇不过周,短篇不过夜。写得多,而不滥,少。

平凹是商州人,对于中国古代文物古迹,尤其是秦汉时期的,有相当广博的知识,极高的鉴赏力,和少见的热情。平凹的书斋静虚村里就有好些坛坛罐罐,他朝夕和这些东西相对,摩挲拂拭,乐在其中。平凹是农家子,后来读了西北大学中国文学系,比较系统地泛览过中国古典文

---

* 初刊于《瞭望》周刊一九八八年第五十期,初收于人民文学版《汪曾祺全集》第九卷。

学。这样,他就不是一般意义上的"农民作家"。他读老子,读庄子,也读禅宗语录。他对三教九流、医卜星相都有兴趣,都懂一点。这些,他都是视为一种文化现象来理解,来探究的。他的《浮躁》写的是一条并不存在的州河两岸土著居民在开放改革的激变中的形形色色的文化心理的嬗递,没有停留在河上的乡镇企业、商业的隆替上。他把这种心理状态概括为"浮躁",是具有时代特点的。这样,这本小说就和同类的写改革的小说取了不同的角度,也更为深刻了。

平凹的小说取名《浮躁》,他的书斋却叫做"静虚村",这很有意思。"静虚"是老子思想。唯静与虚,冷冷淡淡,作者才能看清世态,洞悉人心。平凹确实是一个很平易淡泊的人。从我和他的接触中,他全无"作家气"。在稠人广众之中,他总是把自己缩小到最小限度。他很寡言,但在闲谈中极富机智,极富幽默感。作为"飞马奖"的评委,我觉得我们选了一本好书,也选了一个好人,我很高兴。

平凹的爱人小韩问平凹:你在创作上还有多少潜力?平凹说:我还刚刚才开始呢!他这样年轻,又有写不尽的,源源不竭的商州生活,这真是值得羡慕。但是我希望平凹重新开始时,写得轻松一点,缓慢一点,不要这样着急。从另一方面说,《浮躁》确实又写得还有些躁,尤其是后半部。人物心理，景物，都没有从容展开，忙于交待事件，有点草草收兵。作为象征的州河没有自始至终在小说里流动。

平凹将要改变"似乎严格的写实方法"，"去干一种自感受活的事"。我也觉得这种严格的写实方法对平凹是一种限制。我希望他以后的写作更为"受活"。首先，从容一点。

一九八八年十一月四日

关于于会泳

于会泳死了大概有二十年了,现在没有人提起他。年轻人大都不知道有过这个人。但是提起十年浩劫,提起"革命样板戏",不提他是不行的。写戏曲史,不能把他"跳"过去,不能说他根本没有存在过。——戏曲史不论怎么写,总不能对这十年只字不提,只是几张白纸。

于会泳从一个文工团演奏员、音乐学院教研室主任,几年功夫爬到文化部部长,则其人必有"过人"之处。

于会泳对文艺与政治的关系有他的看法。他曾经领导组织了一台晚会,有三个小戏,是抓特务的,闫肃半开玩笑地对他说:"一个晚上抓了三个特务,你这个文化部成了公安部了!"于会泳当时没有说什么。第二天在宾馆里

---

* 初刊时间、初刊处未详,初收于北师大版《汪曾祺全集》第六卷。

做报告,于会泳非常严肃地说:"文化部就是要成为意识形态的公安部!"弄得大家都很尴尬。本来是一句玩笑话,他却提到了原则高度。这个人翻脸不认人,和他开不得半句玩笑。这是个不讲人情的人。

把文化部说成是"意识形态的公安部",持这种看法的人,现在还有。

于会泳善于把江青的片言只句加以敷衍,使得它更加"周密",更加深化,更带有"理论"色彩。江青很重视主题。在她对《杜鹃山》作指示时说:"主题是改造自发部队,这一点不能不明确。"于会泳后来就在一次报告中明确提出:"主题先行"。应该佩服这位文化部长,概括得非常准确。——其荒谬性也就暴露得更加充分。

尤其荒谬的是把人物分等论级。他提出一个公式:"在所有的人物中突出正面人物,在正面人物中突出英雄人物,在英雄人物中突出主要英雄人物。"这就是有名的"三突出"。世界文艺理论中还从来没有人提出过这种阶梯模式,在创作实践中也绝对行不通。连江青都说:"我没有提过'三突出',我只提过一突出,——突出英雄人物。"

主题先行、"三突出",这两大"理论"影响很大,遗祸无穷。

于会泳是搞音乐的。平心而论,他对戏曲音乐唱腔是有贡献的。他的贡献可以说是前无古人。很多人都想对京剧唱腔有所创新，有所突破，但找不到方法。有人拼命使用高八度。还有人违反唱腔的自然走势，该往高处走的，往低处走；该往低处的，往高处。有个老演员批评某些唱腔设计是"顺姐她妹妹——别妞（扭）"。于会泳走了另外一条路：把地方戏曲、曲艺的腔吸收进京剧。他对地方戏、曲艺的确下过一番功夫，据说他曾分析过几十种地方戏、曲艺，积累了很多音乐素材，把它吸收进来，并与京剧的西皮、二黄融合在一起，使京剧的音乐语言大大丰富了。听起来很新鲜，不别扭。

于会泳把西方歌剧的人物主题旋律的方法引用到京剧唱腔中来，运用得比较成功的是《杜鹃山》柯湘的唱腔，既有性格，也出新，也好听。

"音乐布局"是于会泳关于京剧唱腔的一个较新的概念。他之受知于江青，就是在江青在上海定《沙家浜》为样板时，他在报纸上发表了一篇《论〈沙家浜〉的音乐布局》的文章。"样板"当时还未被人承认，于会泳这篇文章正是她所需要的。文章言之成理，她很欣赏。关于音乐唱腔，毛泽东提出：一定要有大段唱，老是散板摇板，要把人的胃口唱倒的。江青提出一个"成套唱腔"的概念。到于会泳就发展成"核心唱段"。这些都是有道理的，但是不能绝对。老戏也有成套的唱腔。《文昭关》、《捉放曹》的"叹五更"都是成套的,也可以说是唱段的核心。《四郎探母》杨延辉开场即唱,而且是大段,但从剧本看,却很难说这是核心。唱腔布局不能机械划分,首先必须受剧情的制约。但是唱腔要有总体构思,是对的。否则就会零碎散乱。

于会泳的功劳之一,是创造了一些新的板式。例如《海港》的"二黄宽板"。演员拿到曲谱,不知道怎么拍板,因为这样轻重拍的处理,在老戏里是没有的。又如《杜鹃山》柯湘唱的"家住安源萍水头"就不知道是什么板。似乎是西皮二六,但二六的节奏没有那么多的变化。起初是比较舒缓的回忆,当中是激越的控诉,节奏加快,最后"叫散",但却转为高腔,结句重复,形成"搭句"。于会泳好像也没有给这段新板式起个名字。

于会泳设计唱腔还有一个特点,即同时把唱法(他叫做"润腔手段")也设计出来。在演员唱不好时,他就自己示范(他能唱,而且小嗓很好)。

于会泳有罪,有错误,但是是个有才能的人。他在唱腔、音乐上的一些经验,还值得今天搞京剧音乐的同志借鉴,吸收。

一九九六年十一月十七日

散文五题

鹤

他看见一只鹤。

他去上学去。他起得很早。空气很清凉。静悄悄的,没有一个人。忽然,他看见一只鹤。

他从来没有看见过鹤。这一带没有鹤。他只在画里看见过。然而这是一只鹤。他看见了,谁也没有看见过的东西。他呆了。

鹤在天上飞着,在护城河的上面,很高。飞得很慢。雪白的。两只长腿伸在后面。他感受到一种从来没有经验

---

* 初刊于《湖南文学》二〇一五年七月号,初收于人民文学版《汪曾祺全集》第六卷。

过的美,又神秘,又凄凉。

他觉得很凄凉。

鹤慢慢地飞,飞远了。

他从梦幻中醒了过来。这是一只鹤!世界上从来没有人看见过这样的一只鹤。

他后来走过很多地方,看见过很多鹤,在动物园里。然而这些都不是他看见过的那样的鹤。

他失去了他的鹤,失去了神秘和凄凉。

昙 花

邻居送给他一片昙花的叶子,他把它种在花盆里,给它浇水、施肥。昙花长大了,长出了一片又一片新叶。白天,他把昙花放到阳台上,晚上端进屋里,放在床前的桌上。他老是梦见昙花开花了。

有一天他在梦里闻到一股醉人的香味。他睁开眼睛:昙花真的开了!

他坐起来,望着昙花,望着昙花白玉一样的花瓣,浅黄浅黄的花蕊,闻着醉人的香味。

他困了,又睡着了。

他又梦见昙花开花了。

他有了两盆昙花,一盆真的,一盆梦里的。

鸟和猎鸟的人

我在草地上航行,在光滑的青草上轻快地奔跑,肺里吸满了空气。

忽然,我看见什么东西通红的在树林里闪动。

是一个猎人,打着红布的裹腿。

他一步一步,不慌不忙地在树林里走着。

飞起了一只斑鸠,飞不多远,落在一棵树上。

猎人折回来,走向斑鸠落下的那棵树。

斑鸠又飞起来,飞回原来的那棵树。

猎人又折回来。他在追逐着这只斑鸠,不慌不忙,一步一步,非常的冷静,他的红裹腿像一声凄厉的喊叫。

斑鸠为什么不飞出去,飞出这片树林?为什么不改变方向,老是这样来回地飞?

斑鸠沉不住气了。它知道逃不掉了。它飞得急迫了,不稳了,有点歪歪斜斜的了。

我看见斑鸠的惊慌失措的大眼睛。

砰的一声，斑鸠掉在地上了。

我简直没有看见猎人开枪。

斑鸠连挣扎都没有挣扎一下，死了。没有一滴血，羽毛还是整整齐齐的，看不出子弹是从哪里打进去的。它的身体一定还是热的。

猎人拾起斑鸠，装在袋里，走了。

鬼 火

我在学校里做值日，晚了。我本想从城里绕路回去，犹豫了一下，决定还是走城外。天阴得很严，快要下大雨。

出了东门，没走多远，天就黑了下来，什么也看不见了。

路是一条每天走熟了的很宽的直路。我知道左边是河，右边是麦地。再往前，河水转弯处，是一片荒坟。我走得很快。我听见自己的脚步声和裤脚擦出来的窸窸的声音。

我看见了鬼火。

这是鬼火。

鬼火飞着，不快也不慢，画出一道一道碧绿的弧线，纵横交错，织成一幅网。这样多的鬼火。鬼火飞着，它们好像在聚会，在交谈。它们轻声地唱着一支歌，又快乐，又凄凉。

我加快了脚步。我感觉到路上干硬了的牛蹄的脚迹。

看见灯光了。

我到了。我推开自己家的门，走进去，大雨就哇哇地下开了。

迷　路

我终于不得不承认，我是迷了路了。

我在江西进贤土改，分配在王家梁。我到工作队队部去汇报工作，走十多里山路，我是和几个人一起从这条路进村的。这次是我一个人去。我记着：由王家梁往东，到了有几棵长得齐齐的梓树的地方，转弯向南。我走到那几棵梓树跟前，特别停下来，四面看看，记认了周围的环境。

回来时太阳已经落山。我快步走着，青苍苍的暮色越来越浓。我看见那几棵梓树了，好了，没有多远。但当我折向左面，走了一截，我发现这不是我来时的路。是我记错了,应该向右?我向右又走了一截,也不对。这时要退回到队部所在的村子,已经来不及了。我向左,又向右;向右,又向左,乱走了半天,还是找不到来路。天已经完全黑了下来。我爬上一个小山,四面都没有路。除了天边有一点余光,已经是什么都看不见了。

我打算就在这小山上住一夜。我找了一棵不很高的树,爬了上去。——这一带山上有虎,王家梁有一个农民就叫老虎抓去了一块头皮,至今头顶上还留着一个虎爪的印子。

江西的冬天还是颇冷的。而且夜出的小野兽在树下不断地簌簌地奔跑。我觉得这不是事,就跳下树来,高声地呼喊:

"喂——有人吗?"

我听见自己的声音传得很远。

没有回音。

"喂——有人吗?"

我听见狗叫。

我下了山,朝着狗叫的方向笔直地走去,也不管是小山,是水田,是田埂,是荆棘,是树丛。

我走到一个村子。这村子我认得,是王家梁的北村。有几个民兵正在守夜。

我不知道我是怎样走过来的。

我一辈子没有这样勇敢，这样镇定，这样自信，这样有决断，判断得这样准确过。

一辈古人

靳 德 斋

天王寺是高邮八大寺之一。这寺里曾藏过一幅吴道子画的观音。这是可信的。清李必恒还曾赋长诗题咏,看诗意,此人是见过这幅画的。天王寺始建于宋淳熙年,明代为倭寇焚毁(我的家乡还闹过倭寇,以前我不知道),清初重建。这幅画想是宋代传下来的。据说有一个当地方官的要去看看,从此即不知下落,这不知是什么年间的事(一说是"文化大革命"中被毁于扬州)。反正,这幅画后来没有了。

天王寺在臭河边。"臭河边"是地名,自北市口至越

*初刊于《北方文学》一九九一年第十二期,初收于《塔上随笔》。

塘一带属于"后街"的地方都叫臭河边。有一条河,却不叫"臭河",我到现在还没有考查出来应该叫什么河,这一带的居民则简单地称之曰"河"。天王寺濒河,山门(寺庙的山门都是朝南的)外即是河水。寺的殿宇高大,佛像也高大,但是多年没有修饰,显得暗旧。寺里僧众颇多,我们家凡做佛事,都是到天王寺去请和尚。但是寺里香火不盛。很幽静。我父亲曾于月夜到天王寺找和尚闲谈,在大殿前石坪上看到一条鸡冠蛇,他三步蹿上台阶,才没被咬着。鸡冠蛇即眼镜蛇,有剧毒。蛇不能上台阶,父亲才能逃脱,未被追上。寺庙中有蛇,本是常事。但也说明人迹稀少矣。

天王寺常常驻兵。我的小说《陈小手》里写的"天王庙",即天王寺。驻在寺里的兵一般都很守规矩,并不骚扰百姓。我曾见一个兵半躺在探到水面上的歪脖柳树上吹箫,这是一个很独特的画境。

我是三天两头要到天王寺的。从我读的小学放学回家,倘不走正街(东大街),走后街,天王寺是必经的。我去看"烧房子"。我们那里有这样的风俗,给死去亲人烧房子。房子是到纸扎店订制的,当然要比真房子小,但人可以走进去。有厅,有室,有花园,花园里有花,厅堂里有桌有椅,有自鸣钟,有水烟袋!烧房子在天王寺的旁门（天王寺有个旁门，朝西）边的空地上。和尚敲动法器，念一通经，然后由亲属举火烧掉（房子下面都铺了稻草，一点就着）。或者什么也没得看，就从旁门进去，"随喜"一番，看看佛像，在大的青石上躺一躺。大殿里凉飕飕的，夏天，躺在青石上，窘人。

天王寺附近住过一个传奇性的人物，叫靳德斋。这人是个练武的。江湖上流传两句话："打遍天下无敌手，谨防高邮靳德斋。"说是，有一个外地练武的，不服，远道来找靳德斋较量。靳德斋不在家，邻居说他打酱油醋去了。这人就在竺家巷（出竺家巷不远即是天王寺，我的继母和异母弟妹现在还住在竺家巷）一家茶馆里等他。有人指给他：这就是靳德斋。这人一看，靳德斋一手端着满满一碗酱油，一手端着满满一碗醋，快走如飞，但是碗里的酱油、醋却纹丝不动。这人当时就离开高邮，搭船走了。

靳德斋练的这叫什么功？两手各持酱油醋碗，行走如飞，酱油醋不动，这可能么？不过用这种办法来表现一个武师的功夫，却是很别致的，这比挥刀舞剑，口中"嗨嗨"地乱喊，更富于想象。

我小时走过天王寺，看看那一带的民居，总想：哪一处是靳德斋曾经住过的呢？

后于靳德斋，也在天王寺附近住过的，有韩小辫。这人是教过我祖父的拳术的。清代的读书人，除了读圣贤书之外，大都还要学两样东西，一是学佛，一是学武，这是一时风气。据我父亲说，祖父年轻时腿脚是很有功夫的。他有一次下乡"看青"（看青即看作物的长势），夜间遇到一个粪坑。我们那里乡下的粪坑，多在路侧，坑满，与地平，上结薄壳，夜间不辨其为坑为地。他左脚踏上，知是粪坑，右脚使劲一跃，即越过粪坑。想一想，于瞬息之间，转换身体的重心，尽力一跃，倘无功夫，是不行的。祖父是得到韩小辫的一点传授的。韩小辫的一家都是练功的，他的夫人能把一张板凳放倒，板凳的两条腿着地，两条腿翘着，她站在翘起的板凳脚上，作骑马蹲裆势，以一块方石置于膝上，用毛笔大书"天下太平"四字，然后推石一跃而下。这是很不容易的，何况她是小脚。夫人如此，韩小辫功夫可知。这是我父亲告诉我的，不知是他亲见，还是得诸传闻。我父亲年轻时学过武艺，想不妄语。

张 仲 陶

《故乡的食物》有一段：

　　我父亲有一个很怪的朋友，叫张仲陶。他很有学问，曾教我读过《项羽本纪》。他薄有田产，不治生业，整天在家研究《易经》，算卦。他算卦用蓍草。全城只有他一个人用蓍草算卦。据说他有几卦算得极灵。有一家，丢了一只金戒指，怀疑是女佣人偷了。这女佣人蒙了冤枉，来求张先生算一卦。张先生算了，说戒指没有丢，在你们家炒米坛盖子上。一找，果然。我小时就不大相信，算卦怎么能算得这样准，怎么能算得出在炒米坛盖子上呢？不过他的这一卦说明了一件事，即我们那里炒米坛子是几乎家家都有的。

《故乡的食物》这几段主要是记炒米的，只是连带涉及张先生。我对张先生所知道也大概只是这一些。但可补充一点材料。

我从张先生读《项羽本纪》，似在我小学毕业那年的暑假，算起来大概是虚岁十二岁即实足年龄十岁半的时候。我是怎么从张先生读这篇文章的呢？大概是我父亲在和朋友"吃早茶"（在茶馆里喝茶，吃干丝、点心）的时候，听见张先生谈到《史记》如何如何好，《项羽本纪》写得怎样怎样生动，忽然灵机一动，就把我领到张先生家去了。我们县里那时睥睨一世的名士，除经书外，读集部书的较多，读子史者少。张先生耽于读史，是少有的。他教我的时候,我的面前放一本《史记》,他面前也有一本,但他并不怎么看,只是微闭着眼睛,朗朗地背诵一段,给我讲一段。很奇怪,除了一篇《项羽本纪》,我以后再也没有跟张先生学过什么。他大概早就不记得曾经有过一个叫汪曾祺的学生了。张先生如果活着,大概有一百岁了,我都七十一了嘛!他不会活到这时候的。

张先生原来身体就不好,很瘦,黑黑的,背微驼,除了朗读《史记》时外,他的语声是低哑的。

他的夫人是一个微胖的强壮的妇人,看起来很能干,张家的那点薄薄的田产,都是由她经管的。张仲陶诸事不问,而且还抽一点鸦片烟,其受夫人辖制,是很自然的。一个十多岁的孩子也感觉得出来,张先生有些惧内。

张先生请我父亲刻过一块图章。这块图章很好,鱼脑冻,只是很小,高约四分,长方形。我父亲给他刻了两个字,阳文:中匋。刻得很好。这两个字很好安排。他后来还请我父亲刻了两方寿山石的图章,一刻阳文,一刻阴文,文曰:"珠湖野人"、"天涯浪迹"。原来有人撺掇他出去闯闯,以卜卦为生,图章是准备印在卦象释解上的。事情未果,他并未出门浪迹,还是在家里糗(qiǔ)着。

最近几年,《易经》忽然在全世界走俏,研究的人日多,角度多不相同,有从哲学角度的,有从史学角度的,有从社会学角度的,有从数学角度的。我于《易经》一无所知,但我觉得这主要还是一部占卜之书。我对张仲陶算的戒指在炒米坛盖子上那一卦表示怀疑,是觉得这是迷信。现在想想,也许他是有道理的。如果他把一生精研易学的心得写出来,包括他的那些卦例,会是一本很有意思的书。但是,写书,张仲陶大概想也没有想过。小说《岁寒三友》中季匋民在看了靳彝甫的祖父、父亲的画稿后,拍着画案说:"吾乡固多才俊之士,而皆困居于蓬牖之中,声名不出于里巷,悲哉!悲哉!"张仲陶不也是这样的人么?

薛 大 娘

薛大娘家在臭河边的北岸,也就是臭河边的尽头,过此即为螺蛳坝,不属臭河边了。她家很好认,四边不挨人家,远远地就能看见。东边是一家米厂,整天听见碾米机烟筒朋朋的声音。西边是她们家的菜园。菜园西边是一条路,由东街抄近到北门进城的人多走这条路。路以西,也是一大片菜园,是别人家的。房是草顶碎砖的房,但是很宽敞,有堂屋,有卧室,有厢房。

薛大娘的丈夫是个裁缝，是个极其老实的人，整天不说一句话，只是在东厢房里带着两个徒弟低着头不停地缝。儿子种菜。所种似只青菜一种。我们每天上学、放学，都可以看见薛大娘的儿子用一个长柄的水舀子浇水，浇粪，水、粪扇面似的洒开，因为用水方便，下河即可担来，人也勤快，菜长得很好。相比之下，路西的菜园就显得有点荒秽不治。薛大娘卖菜。每天早起，儿子砍得满满两筐菜，在河里浸一会，薛大娘就挑起来上街，"鲜鱼水菜"，浸水，不止是为了上份量，也是为了鲜灵好看。我们那里的菜筐是扁圆的浅筐，但两筐菜也百十斤，薛大娘挑起来若无其事。

她把菜歇在保安堂药店的廊檐下，不到一个时辰，就卖完了。

薛大娘靠五十了。——她的儿子都那样大了嘛，但不显老。她身高腰直，处处显得很健康。她穿的虽然是粗蓝布衣裤，但总是十分干净利索。她上市卖菜，赤脚穿草鞋，鞋、脚，都很干净。她当然是不打扮的，但是头梳得很光，脸洗得清清爽爽，双眼有光，扶着扁担一站，有一股英气，"英气"这个词用之于一个卖菜妇女身上，似乎不怎么合适，但是除此之外，你再也找不出一个合适的字眼。

薛大娘除了卖菜，偶尔还干另外一种营生，拉皮条，就是《水浒传》所说的"马泊六"。东大街有一些年轻女佣人，和薛大妈很熟，有的叫她干妈。这些女佣人都是发育到了最好的时候，一个一个亚赛鲜桃。街前街后，有一些后生家，有的还没成亲，有的娶了老婆但老婆不在身边，油头粉面，在街上一走，看到这些女佣人，馋猫似的，有时一个后生看中了一个女佣人求到薛大娘，薛大娘说："等我问问。"因为彼此都见过，眉语目成，大都是答应的。薛大娘先把男的弄到西厢房里，然后悄悄把女的引来，关了房门，让他们成其好事。

我们家一个女佣人，就是由于薛大娘的撮合，和一个叫龚长霞的管田禾的——管田禾是为地主料理田亩收租事务的，欢会了几次，怀上了孩子。后来是由薛大娘弄了药来，才把私孩子打掉。

薛大娘没想到别人对她有什么议论。她认为：一个有心，一个有意，我在当中搭一把手，这有什么不好？

保安堂药店的管事姓蒲，行三，店里学徒的叫他蒲三爷，外人叫他蒲先生。这药店有一个规矩：每年给店中的"同事"（店员）轮流放一个月假，回去与老婆团圆（店中"同事"都是外地人），其余十一个月都住在店里，每年打十一个月的光棍，蒲三爷自然不能例外。他才四十岁出头,人很精明,也很清秀,很潇洒(潇洒用于一个管事的身上似乎也不大合适),薛大娘给他拉拢了一个女的,这个女的不是别人,是薛大娘自己。薛大娘很喜欢蒲三,看见他就眉开眼笑,谁都看得出来,她一点也不掩饰。薛大娘趴在蒲三耳朵上,直截了当地说:"下半天到我家来。我让你……"

薛大娘不怕人知道了,她觉得他干熬了十一个月,我让他快活快活,这有什么不对?

薛大娘的道德观念和大户人家的太太小姐完全不同。

吴大和尚和七拳半

我的家乡有"吃晚茶"的习惯。下午四五点钟,要吃一点点心,一碗面,或两个烧饼或"油端子"。一九八一年,我回到阔别四十余年的家乡,家乡人还保持着这个习惯。一天下午,"晚茶"是烧饼。我问:"这烧饼就是巷口那家的?"我的外甥女说:"是七拳半做的。""七拳半"当然是个外号,形容这人很矮,只有七拳半那样高,这个外号很形象,不知道是哪个尖嘴薄舌而极其聪明的人给他起的。

我吃着烧饼,烧饼很香,味道跟四十多年前的一样,就像吴大和尚做的一样。于是我想起吴大和尚。

---

* 初刊于一九八八年十二月七日《人民日报》,初收于《中国当代作家选集丛书·汪曾祺》。

我家除了大门、旁门，还有一个后门。这后门即开在吴大和尚住家的后墙上。打开后门，要穿过吴家，才能到巷子里。我们有时抄近，从后门出入，吴大和尚家的情况看得很清楚。

吴大和尚（这是小名，我们那里很多人有大名，但一辈子只以小名"行"）开烧饼饺面店。

我们那里的烧饼分两种。一种叫作"草炉烧饼"，是在砌得高高的炉里用稻草烘熟的。面粗，层少，价廉，是乡下人进城时买了充饥当饭的。一种叫作"桶炉烧饼"。用一只大木桶，里面糊了一层泥，炉底燃煤炭，烧饼贴在炉壁上烤熟。"桶炉烧饼"有碗口大，较薄而多层，饼面芝麻多，带椒盐味。如加钱，还可"插酥"，即在擀烧饼时加较多的"油面"，烤出，极酥软。如果自己家里拿了猪油渣和霉干菜去，做成霉干菜油渣烧饼，风味独绝。吴大和尚家做的是"桶炉"。

原来，我们那里饺面店卖的面是"跳面"。在墙上挖一个洞，将木杠插在洞内，下置面案，木杠压在和得极硬的一大块面上，人坐在木杠上，反复压这一块面。因为压面时要一步一跳，所以叫作"跳面"。"跳面"可以切得极细极薄，下锅不浑汤，吃起来有韧劲而又甚柔软。汤料只有虾子、熟猪油、酱油、葱花，但是很鲜。如不加汤，只将面下在作料里，谓之"干拌"，尤美。我们把馄饨叫作饺子。吴家也卖饺子。但更多的人去，都是吃"饺面"，即一半馄饨，一半面。我记得四十年前吴大和尚家的饺面是一百二十文一碗，即十二个当十铜元。

吴家的格局有点特别。住家在巷东，即我家后门之外，店堂却在对面。店堂里除了烤烧饼的桶炉，有锅台，安了大锅，煮面及饺子用；另有一张（只一张）供顾客吃面的方桌。都收拾得很干净。

吴家人口简单。吴大和尚有一个年轻的老婆，管包饺子、下面。他这个年轻的老婆个子不高，但是身材很苗条。肤色微黑。眼睛狭长，睫毛很重，是所谓"桃花眼"。左眼上眼皮有一小疤，想是小时生疮落下来。这块小疤使她显得很俏。但她从不和顾客眉来眼去，卖弄风骚，只是低头做事，不声不响。穿着也很朴素，只是青布的衣裤。她和吴大和尚生了一个孩子，还在喂奶。吴大和尚有一个妈，整天也不闲着，翻一家的棉袄棉裤，纳鞋底，摇晃睡在摇篮里的孙子。另外，还有个小伙计，"跳"面、烧火。

表面上看起来，这家过得很平静，不争不吵。其实不然。吴大和尚经常在夜里打他的老婆，因为老婆"偷人"。我们那里把和人发生私情叫作"偷人"。打得很重，用劈柴打，我们隔着墙都能听见。这个小个子女人很倔强，不哭，不喊，一声不出。

第二天早起，一切如常，该干什么还干什么。吴大和尚擀烧饼，烙烧饼；他老婆包饺子，下面。

终于有一天吴大和尚的年轻的老婆不见了，跑了，丢下她的奶头上的孩子，不知去向。我们始终不知道她的"孤佬"（我们那里把不正当的情人，野汉子，叫作"孤佬"）是谁。

我从小就对这个女人充满了尊敬，并且一直记得她的模样，记得她的桃花眼，记得她左眼上眼皮上的那一小块疤。

吴大和尚和这个桃花眼、小身材的小媳妇大概都已经死了。现在，这条巷口出现了七拳半的烧饼店。我总觉得七拳半和吴大和尚之间有某种关联，引起我一些说不清楚的感慨。

七拳半并不真是矮得出奇，我估量他大概有一米五六。是一个很有精神的小伙子。他是一个名副其实的"个体户"，全店只有他一个人。他不难成为万元户，说不定已经是万元户，他的烧饼做得那样好吃，生意那样好。我无端地觉得，他会把本街的一个最漂亮的姑娘娶到手，并且这位姑娘会真心爱他，对他很体贴。我看看七拳半把烧饼贴在炉膛里的样子，觉得他对这点充满信心。

两个做烧饼的人所处的时代不同。我相信七拳半的生活将比吴大和尚的生活更合理一些,更好一些。

也许这只是我的希望。

地质系同学

西南联大各系的学生各有特点,中文系的不衫不履,带点名士气。工学院的同学挟着画板、丁字尺,一个个全像候补工程师。从法律系二三年级的学生身上已经可以看出一位名律师或大法官的影子。商学系的同学很实际,他们不爱幻想。从举止、动作、谈吐上,大体上可以勾画出我们的同学可能经历的人生道路。但这只是相对而言,比较而言,不能像矿物一样可以用光谱测定。比如,有一个比我高两班的同学,读了四年工学院,毕业后又考进文学研究所作哲学研究生由实入虚,你说他该是什么风度呢?不过地质系的学生身上共同的特点是比较显著的。

----

* 初刊于《新生界》一九九三年第二期,初收于北师大版《汪曾祺全集》第六卷。

首先,他们的身体都很好。学地质的没有好身体是不行的。学校对报考地质系的考生的体检要求特别严格。搞地质不能只在实验室里搞,大部分时间要从事野外作业,走长路,登高山(据我所知现在的中国登山队的运动员有两位原来是读地质的),还要背很重的矿石,经常要风餐露宿,生活条件很艰苦,身体差一点是吃不消的。地质系的男同学大都身材较高,挺拔英俊,女同学身体也很好。他们大都是运动员,打篮球、排球,是系队、校队的代表。从仪表上说,他们都有当电影明星的资格。

他们的价值观念是清楚的。他们对自己所选择的学业和事业的道路是肯定的。他们没有彷徨、犹豫、困惑。从一开头就有一种奉献精神。——学地质是不可能升官发财的。他们充分认识到他们的工作对于国家的意义,一般说来,他们的祖国意识比别的系的同学更强烈,更实在。

他们都很用功。学地质,理科的底子,数学、物理、化学都要比较好。但是比较特别的是,他们除了本门科学,对一般文化,包括文学艺术,也有广泛的兴趣。因此地质系的同学大都文质彬彬,气度潇洒,毫无鄙俗之气,是一些名副其实的"知识分子"。地质系同学在学校时就作出了很大成绩。云南地方曾出了厚厚的一本《云南矿产调查》,就是西南联大地质系师生合作搞出来的。

在他们野外作业列队归来，穿着夹克，背着厚帆布背包，足登厚底翻皮长靴，或是平常穿了干净的蓝布长衫（地质系的学生都爱干净），在学校的土路从容走着，我都有好感，对他们很欣赏。

其实我所认识的地质系的同学不多，一共只有四个，都是一九三九年入学，四三班的，和我一个班级。

比较熟识的是马杏垣。我对马杏垣有较深的印象不是由于对他的专业学识有所了解，而是因为他会刻木刻。联大当时没有人刻木刻，一个学地质的刻木刻尤其稀罕。马杏垣曾参加曾昭抡先生所率领的康藏考察团到过一趟西藏，回来在壁报上发表了他的一系列铅笔速写和木刻。他发表木刻用的笔名是"马蹄"，有时用两个英文省写字母"M.T."。他的木刻作品偶尔在昆明的报刊上也发表过。据我看，他的木刻是很有风格，很不错的。如果他不学地质而学美术，我相信也会成为一个优秀的画家、木刻家的。多才多艺，是联大许多搞自然科学的教授、学生的一个共同的特点。

马杏垣毕业后到美国留学。

一九四八年，我在北京午门的历史博物馆工作，有一天来了一位参观的上岁数的人，河北丰润一带的口音，他不知怎么知道我是西南联大的，问我认识不认识马杏垣，我说认识。他说他是马杏垣的父亲。于是跟我滔滔不绝地谈起马杏垣，他说了些什么，我已经不记得，只记得老人家很为他这个现在美国的儿子感到骄傲。是呀，有这样的儿子，是值得骄傲。

马杏垣回国后在地质研究所工作，曾任所长，后来听说担任名誉所长。木刻，我想，大概是不刻了。

第二个是杨起。他是杨振声先生的儿子。杨先生是我的老师。我在杨先生处见过他。他长得很像杨先生。他是蓬莱人，个头很高，一个典型的山东大汉，文雅的、谦虚的山东大汉。他给我的印象是非常谦虚，一种从里到外的谦虚。他知道我是杨先生比较喜欢的学生，因此在校舍的土路上相逢，都很亲切地点头招呼。

还有一个是欧大澄。我不知道怎么和他认识的，可能是由于我的一个同系同班的同学和他中学同学，他和这个同学常相过从，我和他也就熟识了。在我的印象里他是喜爱音乐的。我不能确记着他是会拉提琴，弹吉他，或吹口琴。但是他很能欣赏西洋古典音乐，这一印象我想没有错。即使记错了，我觉得他身上有一种古典音乐熏陶出来的气质，这一点不会错。

杨起、欧大澄，现在都不知道在哪里。

因为认识欧大澄，这样也就对郝贻纯有些印象。因为她常和欧大澄在一起走。郝贻纯在女同学里是长得好看的,但是她从来不施脂粉(我们的女同学有一些是非常"倒饬"的,每天涂了很重的口红去听课),淡雅素朴,落落大方。她好像也是打排球的。

郝贻纯这几年参与了一些政治活动。我不知道她是人大代表还是全国政协委员,好像还是全国妇联的委员。人大、政协、妇联有这样的委员,似乎这些会还有点开头。郝贻纯是彻底"从政"了,还是还没有放弃她的本行?

我的地质系的同学,年龄和我不相上下,都已经过了七十了。他们大概是离、退休了。但是我很知道,他们会是离而不休、退而不休的。他们大概都还在查资料、写论文,在培养博士生、研究生,不会是听鸟养花,优游终老的。

中国的知识分子是多好的知识分子呀!

炸弹和冰糖莲子

我和郑智绵曾同住一个宿舍。我们的宿舍非常简陋，草顶、土墼墙；墙上开出一个一个方洞，安几根带皮的直立的木棍，便是窗户。睡的是双层木床，靠墙两边各放十张，一间宿舍可住四十人。我和郑智绵是邻居。我住三号床的下铺，他住五号床的上铺。他是广东人，他说的话我"识听唔识讲"，我们很少交谈。他的脾气有些怪：一是痛恨京剧，二是不跑警报。

我那时爱唱京剧，而且唱的是青衣（我年轻时嗓子很好）。有爱唱京剧的同学带了胡琴到我的宿舍来，定了弦，拉了过门，我一张嘴，他就骂人：

"丢那妈！猫叫！"

那二年日本飞机三天两头来轰炸，一有警报，联大

---

* 初刊时间、初刊处未详，初收于北师大版《汪曾祺全集》第六卷。

同学大都"跑警报",从新校舍北门出去,到野地里呆着,各干各的事,晒太阳、整理笔记、谈恋爱……。直到"解除警报"拉响,才拍拍身上的草末,悠悠闲闲地往回走。"跑警报"有时时间相当长,得一两小时。郑智绵绝对不跑警报。他干什么呢?他留下来煮冰糖莲子。

广东人爱吃甜食,郑智绵是其尤甚者。金碧路有一家广东人开的甜食店,卖绿豆沙、芝麻糊、番薯糖水……。番薯糖水有什么吃头?然而郑智绵说"好嘢!"不过他最爱吃的是冰糖莲子。

西南联大新校舍大图书馆西边有一座烧开水的炉子。一有警报,没有人来打开水,炉子的火口就闲了下来,郑智绵就用一个很大的白搪瓷漱口缸来煮莲子。莲子不易烂,不过到解除警报响了,他的莲子也就煨得差不多了。

一天,日本飞机在新校舍扔了一枚炸弹,离开水炉不远,就在郑智绵身边。炸弹不大,不过炸弹带了尖锐哨音往下落,在土地上炸了一个坑,还是挺吓人的。然而郑智绵照样用汤匙搅他的冰糖莲子,神色不动。到他吃完了莲子,洗了漱口缸,才到弹坑旁边看了看,捡起一个弹片(弹片还烫手),骂了一声:

"丢那妈!"

一九九七年三月十八日

老　董

> 为了写国子监，我到国子监去逛了一趟，不得要领。从首都图书馆抱了几十本书回来，看了几天，看得眼花气闷，而所得不多。后来，我去找了一个"老"朋友聊了两个晚上，倒像是明白了不少事情。我这朋友世代在国子监当差，"侍候"过翁同龢、陆润庠、王垿等祭酒，给新科状元打过"状元及第"的旗，国子监生人，今年七十三岁，姓董。
>
> ——《国子监》

我写《国子监》大概是一九五四年。老董如果活着，已经一百一十岁了。

我认识老董是在午门历史博物馆，时间大概是

＊初刊于《追求》一九九三年第四期，初收于《草花集》。

一九四八年春末夏初。

老历史博物馆人事简单，馆长以下有两位大学毕业生，一位是学考古的，一位是学博物馆专业的；一位马先生管仓库，一位张先生是会计，一个小赵管采购，以上是职员。有八九个工人。工人大部分是陈列室的看守，看着正殿上的宝座、袁世凯祭孔时官员穿的道袍不像道袍的古怪服装、没有多大价值的文物。有一个工人是个聋子，专管扫地，扫五凤楼前的大石块甬道，聋子爱说话，但是他的话我听不懂，只知道他原先是银行职员，不知道怎样沦为工人了。再有就是老董和他的儿子德启。老董只管掸掸办公室的尘土，拔拔广坪石缝中的草。德启管送信。他每天把一堆信排好次序，"绺一绺道"，跨上自行车出天安门。

老董曾经"阔"过。

据朋友老董说，纳监的监生除了要向吏部交一笔钱，领取一张"护照"外，还需向国子监交钱领"监照"——就是大学毕业证书。照例一张监照，交钱一两七钱。国子监旧例，积银二百八十两，算一个"字"，按"千字文"数，有一个字算一个字，平均每年约收入五百字上下。我算了算，每年国子监收入的监照银约有十四万两。……这十四万两银子照国家规定是不上缴的，由国子监官吏皂役按份摊分，……据老董说，连他一个"字"也分五钱八分，一年也从这一项上收入二百八九十两银子！

老董说，国子监还有许多定例。比如，像他，是典籍厅的刷印匠，管理给学生"做卷"——印制作文用的红格本子。这事包给了他，每月例领十三两银子。他父亲在时还会这宗手艺，到他时则根本没有学过，只是到大栅栏口买刀毛边纸，拿到琉璃厂找铺子去印，成本共花三两，剩下十两，是他的。所以，老董说，那年头，手里的钱花不清——烩鸭条才一吊四百钱一卖！

——引自《国子监》

据老董说，他儿子德启娶亲，搭棚办事，摆了三十桌，——当然这样的酒席只是"肉上找"，没有海参鱼翅，而且是要收份子的，但总也得花不少钱。

他什么时候到历史博物馆来，怎么来的，我没有问过他。到我认识他时，他已经不是"手里的钱花不清"了，吃穿都很紧了。

历史博物馆的职工中午大都是回家吃。有的带一顿饭来。带来的大都是棒子面窝头、贴饼子。只有小赵每天都带白面烙饼，用一块屉布包着，显得很"特殊化"。小赵原来打小鼓的出身，家里有点儿积蓄。

老董在馆里住，饭都是自己做。他的饭很简单，凑凑合合，小米饭。上顿没吃完，放一点水再煮煮，拨一点面疙瘩，他说这叫"鱼儿钻沙"。有时也煮一点大米饭。剩饭和面和在一起，擀一擀，烙成饼。这种米饭面饼，我还没见过别人做过。菜，一块熟疙瘩，或是一团干虾酱，咬一口熟疙瘩、干虾酱，吃几口饭。有时也做点熟菜，熬白菜。他说北京好，北京的熬白菜也比别处好吃——五味神在北京。"五味神"是什么神？我至今没有考查出来。

他对这样凑凑合合的一日三餐似乎很"安然"，有时还颇能自我调侃，但是内心深处是个愤世者。生活的下降，他是不会满意的。他的不满，常常会发泄在儿子身上。有时为了一两句话，他会忽然暴怒起来，跳到廊子上，跪下来对天叩头："老天爷，你看见了？老天爷，你睁睁眼！"

每逢老董发作的时候，德启都是一声不言语，靠在椅子里，脸色铁青。

别的人，也都不言语。因为知道老董的感情很复杂，无从劝解。

老董没有嗜好。年轻时喝黄酒，但自我认识他起，他滴酒不沾。他也不抽烟。我写了《国子监》，得了一点稿费,因为有些材料是他提供的,我买了一个玛瑙鼻烟壶,烟壶的顶盖是珊瑚的,送给他。他很喜欢。我还送了他一小瓶鼻烟,但是没见他闻过。

一九六〇年(那正是三年自然灾害的后期)我到东堂子胡同历史博物馆宿舍去看我的老师沈从文,一进门,听到一个人在传达室骂大街,一听,是老董!

"我操你们的祖宗!操你八辈的祖奶奶!我八十多岁了,叫我挨饿!操你们的祖宗,操你们的祖奶奶!"

没有人劝,骂让他骂去吧!一个八十多岁的老人了,谁也不能把他怎么样。

老董经过前清、民国、袁世凯、段祺瑞、北伐、日本、国民党、共产党,他经过的时代太多了。老董如果把他的经历写出来,将是一本非常精彩的回忆录(老董记性极好,哪年哪月,白面多少钱一袋,他都记得一清二楚),这可能是一份珍贵史料——尽管是野史。可惜他没有写,也没有让人口述记录下来。

一九九三年三月二十日

人间草木

山 丹 丹

我在大青山挖到一棵山丹丹。这棵山丹丹的花真多。招待我们的老堡垒户看了看,说:"这棵山丹丹有十三年了。"

"十三年了?咋知道?"

"山丹丹长一年,多开一朵花。你看,十三朵。"

山丹丹记得自己的岁数。

我本想把这棵山丹丹带回呼和浩特,想了想,找了把铁锹,把老堡垒户的开满了蓝色党参花的土台上刨了个坑,把这棵山丹丹种上了。问老堡垒户:

---

* 初刊于《散文》一九九〇年第三期,初收于《草花集》。

"能活?"

"能活。这东西,皮实。"

大青山到处是山丹丹,开七朵花、八朵花的,多的是。

山丹丹花开花又落,

一年又一年……

这支流行歌曲的作者未必知道,山丹丹过一年多开一朵花。唱歌的歌星就更不会知道了。

枸　杞

枸杞到处都有。枸杞头是春天的野菜。采摘枸杞的嫩头,略焯过,切碎,与香干丁同拌,浇酱油醋香油;或入油锅爆炒,皆极清香。夏末秋初,开淡紫色小花,谁也不注意。随即结出小小的红色的卵形浆果,即枸杞子。我的家乡叫做狗奶子。

我在玉渊潭散步,在一个山包下的草丛里看见一对老夫妻弯着腰在找什么。他们一边走,一边搜索。走几步,停一停,弯腰。

"您二位找什么?"

"枸杞子。"

"有吗？"

老同志把手里一个罐头玻璃瓶举起来给我看，已经有半瓶了。

"不少！"

"不少！"

他解嘲似的哈哈笑了几声。

"您慢慢捡着！"

"慢慢捡着！"

看样子这对老夫妻是离休干部，穿得很整齐干净，气色很好。

他们捡枸杞子干什么？是配药？泡酒？看来都不完全是。真要是需要，可以托熟人从宁夏捎一点或寄一点来。——听口音，老同志是西北人，那边肯定会有熟人。

他们捡枸杞子其实只是玩！一边走着，一边捡枸杞子，这比单纯的散步要有意思。这是两个童心未泯的老人，两个老孩子！

人老了，是得学会这样的生活。看来，这二位中年时也是很会生活，会从生活中寻找乐趣的。他们为人一定很好，很厚道。他们还一定不贪权势，甘于淡泊。夫妻间一定不会为柴米油盐、儿女婚嫁而吵嘴。

从钓鱼台到甘家口商场的路上,路西,有一家的门头上种了很大的一丛枸杞,秋天结了很多枸杞子,通红通红的,礼花似的,喷泉似的垂挂下来,一个珊瑚珠穿成的华盖,好看极了。这丛枸杞可以拿到花会上去展览。这家怎么会想起在门头上种一丛枸杞?

槐　花

玉渊潭洋槐花盛开,像下了一场大雪,白得耀眼。来了放蜂的人。蜂箱都放好了,他的"家"也安顿了。一个刷了涂料的很厚的黑色的帆布篷子。里面打了两道土堰,上面架起几块木板,是床。床上一卷铺盖。地上排着油瓶、酱油瓶、醋瓶。一个白铁桶里已经有多半桶蜜。外面一个蜂窝煤炉子上坐着锅。一个女人在案板上切青蒜。锅开了,她往锅里下了一把干切面。不大会儿,面熟了,她把面捞在碗里,加了作料、撒上青蒜,在一个碗里舀了半勺豆瓣。一人一碗。她吃的是加了豆瓣的。

蜜蜂忙着采蜜,进进出出,飞满一天。

我跟养蜂人买过两次蜜,绕玉渊潭散步回来,经过他的棚子,大都要在他门前的树墩上坐一坐,抽一支烟,看他收蜜,刮蜡,跟他聊两句,彼此都熟了。

这是一个五十岁上下的中年人,高高瘦瘦的,身体像是不太好,他做事总是那么从容不迫,慢条斯理的。样子不像个农民,倒有点像一个农村小学校长。听口音,是石家庄一带的。他到过很多省,哪里有鲜花,就到哪里去。菜花开的地方,玫瑰花开的地方,苹果花开的地方,枣花开的地方。每年都到南方去过冬,广西、贵州。到了春暖,再往北翻。我问他是不是枣花蜜最好,他说是荆条花的蜜最好。这很出乎我的意外。荆条是个不起眼的东西,而且我从来没有见过荆条开花,想不到荆条花蜜却是最好的蜜。我想他每年收入应当不错,他说比一般农民要好一些,但是也落不下多少:蜂具,路费;而且每年要赔几十斤白糖,——蜜蜂冬天不采蜜,得喂它糖。

女人显然是他的老婆。不过他们岁数相差太大了。他五十了,女人也就是三十出头。而且,她是四川人,说四川话。我问他:你们是怎么认识的?他说:她是新繁县人。那年他到新繁放蜂,认识了。她说北方的大米好吃,就跟来了。

有那么简单?也许她看中了他的脾气好,喜欢这样安静平和的性格?也许她觉得这种放蜂生活,东南西北到处跑,好耍?这是一种农村式的浪漫主义。四川女孩子做事往往很洒脱,想咋个就咋个,不像北方女孩子有那么多考虑。他们结婚已经几年了。丈夫对她好,她对丈夫也很体贴。她觉得她的选择没有错,很满意,不后悔。我问养蜂人:她回去过没有?他说:回去过一次,一个人。他让她带了两千块钱,她买了好些礼物送人,风风光光地回了一趟新繁。

一天,我没有看见女人,问养蜂人,她到哪里去了。养蜂人说:到我那大儿子家去了,去接我那大儿子的孩子。他有个大儿子,在北京工作,在汽车修配厂当工人。

她抱回来一个四岁多的男孩,带着他在棚子里住了几天。她带他到甘家口商场买衣服,买鞋,买饼干,买冰糖葫芦。男孩子在床上玩鸡啄米,她靠着被窝用勾针给他勾一顶大红的毛线帽子。她很爱这个孩子。这种爱是完全非功利的,既不是讨丈夫的欢心,也不是为了和丈夫的儿子一家搞好关系。这是一颗很善良,很美的心。孩子叫她奶奶,奶奶笑了。

过了几天,她把孩子又送了回去。

过了两天,我去玉渊潭散步,养蜂人的棚子拆了,蜂箱集中在一起。等我散步回来,养蜂人的大儿子开来一辆卡车,把棚柱、木板、煤炉、锅碗和蜂箱装好,养蜂人两口子坐上车,卡车开走了。

玉渊潭的槐花落了。

晚年
——人寰速写之一

我们楼下随时有三个人坐着。他们都是住在这座楼里的。每天一早,吃罢早饭,他们各人提了马扎,来了。他们并没有约好,但是时间都差不多,前后差不了几分钟。他们在副食店墙根下坐下,挨得很近。坐到快中午了,回家吃饭。下午两点来钟,又来坐着,一直坐到副食店关门了,回家吃晚饭。只要不是刮大风,下雨,下雪,他们都在这里坐着。

一个是老佟。和我住一层楼,是近邻。有时在电梯口见着,也寒暄两句:"吃啦?""上街买菜?"解放前他在国民党一个什么机关当过小职员,解放后拉过几年排子车,早退休了。现在过得还可以。一个孙女已经读大学三年级

---

* 初刊于《美文》一九九二年第一期(创刊号),初收于《草花集》。

了。他八十三岁了。他的相貌举止没有什么特别的地方。脑袋很圆，面色微黑，有几块很大的老人斑。眼色总是平静的。他除了坐着，有时也遛个小弯，提着他的马扎，一步一步，走得很慢。

一个是老辛。老辛的样子有点奇特。块头很大，肩背又宽又厚，身体结实如牛。脸色紫红紫红的。他的眉毛很浓，不是两道，而是两丛。他的头发、胡子都长得很快。刚剃了头没几天，就又是一头乌黑的头发，满腮乌黑的短胡子。好像他的眉毛也在不断往外长。他的眼珠子是乌黑的。他的神情很怪。坐得很直，脑袋稍向后仰，蹙着浓眉，双眼直视路上行人，嘴唇嘬着，好像在往里用力地吸气。好像愤愤不平，又像藐视众生，看不惯一切，心里在想：你们是什么东西！我问过同楼住的街坊：他怎么总是这样的神情？街坊说：他就是这个样子！后来我听说他原来是一个机关食堂煮猪头肉、猪蹄、猪下水的。那么他是不会怒视这个世界，蔑视谁的。他就是这个样子。他怎么会是这个样子呢？他脑子里在想什么？还是什么都不想？他岁数不大，六十刚刚出头，退休还不到两年。

一个是老许。他最大，八十七了。他面色苍黑，有几颗麻子，看不出有八十七了——看不出有多大年龄。这老头怪有意思。他有两串数珠，——说"数珠"不大对，因为他并不信佛，也不"掐"它。一串是山核桃的，一串是山桃核的。有时他把两串都带下来，绕在腕子上。有时只带一串山桃核的，因为山核桃的太大，也沉。山桃核有年头了，已经叫他的腕子磨得很光润。他不时将他的数珠改装一次，拆散了，加几个原来是钉在小孩子帽子上的小银铃铛之类的东西，再穿好。有一次是加了十个算盘珠。过路人有的停下来看看他的数珠，他就把袖子向上提提，叫数珠露出更多。他两手戴了几个戒指，一看就是黄铜的，然而他告诉人是金的。他用一个钥匙链，一头拴在纽扣上，一头拖出来，塞在左边的上衣口袋里，就像早年间戴怀表一样。他自己感觉，这就是怀表。他在上衣口袋里插着两枝塑料圆珠笔的空壳——是他的孙女用剩下的，一枝白色的，一枝粉红的。我问老佟："他怎么爱搞这些？"老佟说："弄好些零碎！"他年轻时"跑"过"腿"，做过买卖。我很想跟他聊聊。问他话，他只是冲我笑笑。老佟说："他是个聋子。"

　　这三个在一处一坐坐半天，彼此都不说话。既然不说话，为什么坐得挨得这样近呢？大概人总得有个伴，即使一句话也不说。

　　老辛得过一次小中风，（他这样结实的身体怎么会中风呢？）但是没多少时候就好了。现在走起路来脚步还有一点沉。不过他原来脚步就很重。

老佟摔了一跤,骨折了,在家里躺着,起不来。因此在楼下坐着的,暂时只有两个人。不过老佟的骨折会好的,我想。

老许看样子还能活不少年。

傻子
——人寰速写之二

这一带有好几个傻子。

一个是我们楼的傻八子。傻八子的妈生过八个孩子,他最小。傻八子两只小圆眼睛,鼻梁很低,几乎没有。他一天在人行道上走来走去,走得很慢,一步,一步,因为他很胖,肚子很大,走不快。他不停地自言自语。他妈说他爱"嘚啵"。我问他妈:"嘚啵什么?"——"电视、电视上听来的!"我注意听过,不知道说些什么,经常说的是:"你给我站住!……"似乎他的"嘚啵"是有个对象的。"嘚啵"几句,又喝喝地笑一阵。他还爱唱,没腔没调,没有字眼,声音像一张留声机的坏唱盘:"咦……啊……嘞……"他有时倒吸气发出母猪一样的声音,这一带

---

* 初刊于《美文》一九九二年创刊二号,初收于《独坐小品》。

的孩子把这种声音叫做"打猪吭"。他不是什么都不明白，一边"嘚啵"着，见了熟人，也打招呼："回来啦！"——"报纸来啦！"熟人走过，接着"嘚啵"。

他大哥要把他送到福利院去，——福利院是收容傻子的地方，他妈舍不得。

亚运会期间，街道办事处把他捆起来，送进福利院关了几天。亚运会结束，又放了回来。傻八子为此愤愤不平："捆我！"

我问过傻八子："你怎么不结婚？"傻八子用手指指他的太阳穴："这儿，坏啦！"

附近有一个女傻子，喜欢上了傻八子，要嫁给他。傻八子妈不同意，说："俩傻子，怎么弄！"

我们楼有个女的，是开发廊的，爱打扮，细长眼，涂眼影，画嘴唇，穿的衣服很"港"。有一天这女的要到传达室打电话，下台阶时，从傻八子旁边擦身而过，傻八子跟她不知呜噜呜噜说了句什么。我问女的，"他跟你说什么？"——"他说我没穿袜子。"我这才注意到女的趿了一双很精致的拖鞋。傻八子会注意好看的女人，注意到她的脚，他并不彻底的傻。

另一个傻子家在蒲黄榆拐角的胡同里，小个子，精瘦精瘦的老是抱着肩膀匆匆忙忙地在这一带不停地走，嘴里也"嘚啵",但是声音小,不像傻八子大声"嘚啵"。匆匆忙忙地走着,"嘚啵"着,一边吃吃地笑。

蒲安里有个小傻子,也就是十五六岁,长得挺好玩,又白又胖。夏天,光着上身,一身白肉;圆滚滚的肚子上挂着一条极肥大的白裤衩,在粮店和副食店之间的空地上,甩着胳臂齐步走。见人就笑脸相迎,大声招呼:"你好!"——"你好!"

有一个傻子有四十岁了,穿得很整齐干净,他不"嘚啵",只是一脸的忧郁,在胡同口抱着胳臂,低头注视着地面,一动不动。

北京从前好像没有那么多傻子,现在为什么这样多?

六月十日

大妈们
——人寰速写之三

我们楼里的大妈们都活得有滋有味,使这座楼增加了不少生气。

许大妈是许老头的老伴,比许老头小十几岁,身体挺好,没听说她有什么病。生病也只是伤风感冒,躺两天就好了。她有一根花椒木的拐杖,本色,很结实,但是很轻巧,一头有两个杈,像两个小犄角。她并不用它来拄着走路,而是用来扛菜。她每天到铁匠营农贸市场去买菜,装在一个蓝布兜里,把布兜的袢套在拐杖的小犄角上,扛着。她买的菜不多,多半是一把韭菜或一把茴香。走到刘家窑桥下,坐在一块石头上,把菜倒出来,择菜。择韭菜、择茴香。择完了,抖落抖落,把菜装进布兜,又用花

---
*初刊于《美文》一九九二年创刊三号,初收于《草花集》。

椒木拐杖扛起来，往回走。她很和善，见人也打招呼，笑笑，但是不说话。她用拐杖扛菜，不是为了省劲，好像是为了好玩。到了家，过不大会，就听见她乒乒乓乓地剁菜。剁韭菜，剁茴香。她们家爱吃馅儿。

奚大妈是河南人，和传达室小邱是同乡，对小邱很关心，很照顾。她最放不下的一件事，是给小邱张罗个媳妇。小邱已经三十五岁，还没有结婚。她给小邱张罗过三个对象，都是河南人，是通过河南老乡关系间接认识的。第一个是奚大妈一个村的。事情已经谈妥，这女的已经在小邱床上睡了几个晚上。一天，不见了，跟在附近一个小旅馆里住着的几个跑买卖的山西人跑了。第二个在一个饭馆里当服务员。也谈得差不多了，女的说要回家问问哥哥的意见。小邱给她买了很多东西：衣服、料子、鞋、头巾……借了一辆平板三轮，装了半车，蹬车送她上火车站。不料一去再无音信。第三个也是在饭馆里当服务员的，长得很好看，高颧骨，大眼睛，身材也很苗条。就要办事了，才知道这女的是个"石女"。奚大妈叹了一口气："唉！这事儿闹的！"

江大妈人非常好，非常贤慧，非常勤快，非常爱干净。她家里真是一尘不染。她整天不断地擦、洗、掸、扫。她的衣着也非常干净，非常利索。裤线总是笔直的。

她爱穿坎肩，铁灰色毛涤纶的，深咖啡色薄呢的，都熨熨帖帖。她很注意穿鞋，鞋的样子都很好。她的脚很秀气。她已经过六十了，近看脸上也有皱纹了，但远远一看，说是四十来岁也说得过去。她还能骑自行车，出去买东西，买菜，都是骑车去。看她跨上自行车，一踩脚蹬，哪像是已经有了四岁大的孙子的人哪！她平常也不大出门，老是不停地收拾屋子。她不是不爱理人，有时也和人聊聊天，说说这楼里的事，但语气很宽厚，不嚼老婆舌头。

顾大妈是个胖子。她并不胖得腮帮的肉都往下掉，只是腰围很粗。她并不步履蹒跚，只是走得很稳重，因为搬动她的身体并不很轻松。她面白微黄，眉毛很淡。头发稀疏，但是总是梳得很整齐服贴。她原来在一个单位当出纳，是干部。退休了，在本楼当家属委员会委员，也算是干部。家属委员会委员的任务是要换购粮本、副食本了，到各家敛了来，办完了，又给各家送回去。她的干部意识根深蒂固，总觉得自己不是一个家庭妇女。别的大妈也觉得她有架子，很少跟她过话。她爱和本楼的退休了的或尚未退休的女干部说话。说她自己的事。说她的儿女在单位很受器重；说她原来的领导很关心她，逢春节都要来看看她……

在这条街上任何一个店铺里，只要有人一学丁大妈雄赳赳气昂昂走路的神气,大家就知道这学的是谁,于是都哈哈大笑,一笑笑半天。丁大妈的走路,实在是少见。头昂着,胸挺得老高,大踏步前进,两只胳臂前后甩动,走得很快。她头发乌黑,梳得整齐。面色紫褐,发出铜光,脸上的纹路清楚,如同刻出。除了步态,她还有一特别处:她穿的上衣,都是大襟的。料子是讲究的。夏天,派力司;春秋天,平绒;冬天,下雪,穿羽绒服。羽绒服没有大襟的。她为什么爱穿大襟上衣?这是习惯。她原是崇明岛的农民,吃过苦。现在苦尽甘来了。她把儿子拉扯大了。儿子、儿媳妇都在美国,按期给她寄钱。她现在一个人过,吃穿不愁。她很少自己做饭,都是到粮店买馒头,买烙饼,买面条。她有个外甥女,是个时装模特儿,常来看她,很漂亮。这外甥女,楼里很多人都认识。她和外甥女上电梯,有人招呼外甥女:"你来了!"——"我每星期都来。"丁大妈说:"来看我!"非常得意。丁大妈活得非常得意,因此她雄赳赳气昂昂。

罗大妈是个高个儿,水蛇腰。她走路也很快,但和丁大妈不一样:丁大妈大踏步,罗大妈步子小。丁大妈前后甩胳臂,罗大妈胳臂在小腹前左右摇。她每天"晨练",走很长一段,扭着腰,摇着胳臂。罗大妈没牙,但是乍看看不出来,她的嘴很小,嘴唇很薄。她这个岁数——她也就是五十出头吧，不应该把牙都掉光了，想是牙有病，拔掉的。没牙，可是话很多，是个连片子嘴。

乔大妈一头银灰色的卷发。天生的卷。气色很好。她活得兴致勃勃。她起得很早，每天到天坛公园"晨练"，打一趟太极拳，练一遍鹤翔功，遛一个大弯。然后顺便到法华寺菜市场买一提兜菜回来。她爱做饭，做北京"吃儿"。蒸素馅包子，炒疙瘩，摇棒子面嘎嘎……她对自己做的饭非常得意。"我蒸的包子，好吃极了"，"我炒的疙瘩，好吃极了"，"我摇的嘎嘎，好吃极了！"她间长不短去给她的孙子做一顿中午饭。她儿子儿媳妇不跟她一起住，单过。儿子儿媳是"双职工"，中午顾不上给孩子做饭。"老让孩子吃方便面，那哪成！"她爱养花，阳台上都是花。她从天坛东门买回来一大把芍药骨朵，深紫色的。"能开一个月！"

大妈们常在传达室外面院子里聚在一起闲聊天。院子里放着七八张小凳子、小椅子，她们就错错落落地分坐着。所聊的无非是一些家长里短。谁家买了一套组合柜，谁家拉回来一堂沙发，哪儿买的、多少钱买的，她们都打听得很清楚。谁家的孩子上"学前班"，老不去，"淘着哪！"谁家两口子吵架，又好啦，挎着胳臂上游乐园啦！乔其纱现在不时兴啦，现在兴"沙洗"……大妈们有一个好处,倒不搬弄是非。楼里有谁家结婚,大妈们早就在院里等着了。她们看扎着红彩绸的小汽车开进来,看放鞭炮,看新娘子从汽车里走出来,看年轻人往新娘子头发上撒金银色纸屑……

一九九二年六月十日

闹市闲民

我每天在西四倒一○一路公共汽车回甘家口。直对一○一站牌有一户人家。一间屋,一个老人。天天见面,很熟了。有时车老不来,老人就搬出一个马扎儿来:"车还得会子,坐会儿。"

屋里陈设非常简单(除了大冬天,他的门总是开着),一张小方桌,一个方机凳,三个马扎儿,一张床,一目了然。

老人七十八岁了,看起来不像,顶多七十岁。气色很好。他经常戴一副老式的圆镜片的浅茶晶的养目镜——这副眼镜大概是他身上唯一值钱的东西。眼睛很大,一点没有混浊,眼角有深深的鱼尾纹。跟人说话时总带着一点笑

* 初刊于《天涯》一九九○年第九期,初收于《草花集》。

意，眼神如一个天真的孩子。上唇留了一撮疏疏的胡子，花白了。他的人中很长，唇髭不短，但是遮不住他的微厚而柔软的上唇。——相书上说人中长者多长寿，信然。他的头发也花白了，向后梳得很整齐。他长年穿一套很宽大的蓝制服，天凉时套一件黑色粗毛线的很长的背心。圆口布鞋、草绿色线袜。

从攀谈中我大概知道了他的身世。他原来在一个中学当工友，早就退休了。他有家。有老伴。儿子在石景山钢铁厂当车间主任。孙子已经上初中了。老伴跟儿子，他不愿跟他们一起过，说是："乱！"他愿意一个人。他的女儿出嫁了。外孙也大了。儿子有时进城办事，来看看他，给他带两包点心，说会子话。儿媳妇、女儿隔几个月来给他拆洗拆洗被窝。平常，他和亲属很少来往。

他的生活非常简单。早起扫扫地，扫他那间小屋，扫门前的人行道。一天三顿饭。早点是干馒头就咸菜喝白开水。中午晚上吃面。一年三百六十五天，天天如此。他不上粮店买切面，自己做。抻条，或是拨鱼儿。他的拨鱼儿真是一绝。小锅里坐上水，用一根削细了的筷子把稀面顺着碗口"赶"进锅里。他拨的鱼儿不断，一碗拨鱼儿是一根，而且粗细如一。我为看他拨鱼儿，宁可误一趟车。我跟他说："你这拨鱼儿真是个手艺！"他说："没什么，早一点把面和上,多搅搅。"我学着他的法子回家拨鱼儿,结果成了一锅面糊糊疙瘩汤。他吃的面总是一个味儿!浇炸酱。黄酱,很少一点肉末。黄瓜丝、小萝卜,一概不要。白菜下来时,切几丝白菜,这就是"菜码儿"。他饭量不小,一顿半斤面。吃完面,喝一碗面汤(他不大喝水),涮涮碗,坐在门前的马扎儿上,抱着膝盖看街。

我有时带点新鲜菜蔬,青蛤、海蛎子、鳝鱼、冬笋、木耳菜,他总要过来看看:"这是什么?"我告诉他是什么,他摇摇头:"没吃过。南方人会吃。"他是不会想到吃这样的东西的。

他不种花,不养鸟,也很少遛弯儿。他的活动范围很小,除了上粮店买面,上副食店买酱,很少出门。

他一生经历了很多大事。远的不说。敌伪时期,吃混合面。傅作义。解放军进城,扭秧歌,呛呛七呛七。开国大典,放礼花。没完没了的各种运动。三年自然灾害,大家挨饿。"文化大革命"。"四人帮"。"四人帮"垮台。华国锋。华国锋下台……

然而这些都与他无关,没有在他身上留下多少痕迹。他每天还是吃炸酱面,——只要粮店还有白面卖,而且北京的粮价长期稳定——坐在门口马扎儿上看街。

他平平静静,没有大喜大忧,没有烦恼,无欲望亦无追求，天然恬淡，每天只是吃抻条面、拨鱼儿，抱膝闲看，带着笑意，用孩子一样天真的眼睛。

这是一个活庄子。

一九九〇年五月五日

二愣子

他应该是有名有姓的,但是没人知道,大家都叫他二愣子。他是阜平人。文工团经过阜平时,他来要求"参加革命",文工团有些行李服装,装车卸车,需要一个劳动力,就吸收了他。进城以后,以文工团为基础,抽调了一些老区来的干部,加上解放前夕参加工作的大学生,组建成市文联和文化局,两个单位在一个院里办公。二愣子当了勤杂工。每天扫扫院子,整理会议室、小礼堂的桌椅,掸掸土;冬天,给办公室生炉子、撒火、添煤。他不爱说话,口齿不清,还有点结巴。告诉他一点什么事,他翻着白眼听着。问他听明白了没有,不大明白。二愣子这个名

---

* 初刊于《天涯》一九九〇年第九期,初收于北师大版《汪曾祺全集》第五卷。

字大概就是这么来的。

为什么大家都记得有个二愣子?因为他有个特点:爱诉苦。

那年七七,机关开了个纪念会。由一个干部讲了卢沟桥事变的经过,抗日战争的形势,八路军的战果,中国共产党的农村政策……当时开会,大都会有群众代表发言。被安排发言的是二愣子。他讲了日本兵在阜平的烧杀掳抢、三光政策,他的父母都被杀害了,他的一个妹妹被日本兵糟蹋了。他讲得声泪俱下,最后是号啕大哭。一个人事科的干部把他扶到座位上,他还抽泣了半天。所有新参加革命的青年,听了二愣子的诉苦,无不为之动容,女同志不停地擦眼泪。开这个座谈会,让二愣子诉苦,目的是教育这些大学生。看来,目的是达到了,青年的思想觉悟提高了。

二愣子对日本人有刻骨的仇恨。解放初几年,每年国庆节,都要游行。游行都要抬伟人像。除了马、恩、列、斯、毛、孙中山,还有世界各国共产党的领袖。领袖像是油画,安了木框,下面两根木棍。四个人抬一个。木框和木棍都做得很笨重。从东城抬到西城,压得肩膀够呛。我那时还年轻,也有抬伟人像的任务。有一年,我和二愣子分配在一个组。他把伟人像扛上肩,回头一看,放下了。

"怎么啦？"——"我不抬这个老日本！"我们抬的是德田球一。跟他说：这个老日本是个好日本人，是日共的领袖。怎么说也不成。只好换一个人上来，把他调到后面去抬伊巴露丽。

解放初期，纪念会特多。三八妇女节、五一劳动节，都要开会。由文化局的副局长或文联副秘书长主持会议，一个政工干部讲讲节日的来历、意义。政工干部也不用什么准备，有印发的统一的宣传材料，他只要照本宣科摘要地念一念就行。这些宣传材料每年几乎都是一样，其实大可不必按期编印，汇集一本《革命节日宣讲手册》，便可一劳永逸，用几千年。这些节日纪念，照例有群众代表讲话。讲话的照例是二愣子。他对什么芝加哥女工罢工、示威游行、蔡特金、第二国际……这些全不理会，他只会诉苦，讲他的父母被杀害，妹妹被日本兵糟蹋了，声泪俱下，号啕大哭。到了七一，党的生日，八一建军节，他也上去诉苦，那倒是比较能沾得上边的。他的诉苦，起初是领导上布置的。后来，不布置，他也要自动诉苦。每回的内容都是一样。曾经受过感动的，后来，不感动了。终于，到了节日，人事处干部就说服他，不要再诉苦了。"不叫诉苦？"他很纳闷。

我后来调到别的单位，就没有看见二愣子。"文化大革命"以后,见到市文联、文化局的老人,我问起:"二愣子怎么样了?"他们告诉我:二愣子傻了,进了福利院。

一九九〇年五月八日

玉烟杂记

带狗的女工

小张来看我。六年前第一次红塔笔会她照顾过我。我很喜欢她。小张还是那样,好像长高了。神情也更成熟了。六年前她还是个小姑娘,现在则有点像一个少妇了。还是那么漂亮,两只大眼睛,黑白分明,亮晶晶的,常如含笑,在成熟中依然保留着天真。

小张一个人,却有三处房子。她买了一套商品房,在厂里的职工宿舍区又买了一套,现在还住在原来的家里。她花了十二万买了一辆(照玉溪人的说法是"一张")夏

---

* 初刊于《当代》二〇一五年第六期,初收于北师大版《汪曾祺全集》第六卷。

利小汽车。她自己会开车。我对小张说:"你现在成了小大款了!"小张只是笑。

我们参观了新建的工人住宅区,普医生(厂里的医生,随作家团活动)邀我们去看看她尚未迁入的新居。房屋建筑质量很好,宽敞明亮,煮饭休息都很方便,地面墙壁,色调高雅。内装修都是普医生自己选择的。普医生是彝族人,但受了中西文化的熏陶,趣味不俗。

从普医生家出来,由右边小区蹿出了三条狗,都是京叭。头一条最小,是条纯黑的狗,毛色发亮,黑得像是精煤。另两条都是黄白相间的,都胖嘟嘟的。三条狗快快活活地奔跑着,不时停步回头,看看它们的女主人是不是来了,认准了女主人就在不远的后面,便又踏踏踏踏地小步飞跑起来。

我问厂里一个男工:"工人养狗的多吗?"——"多!下班之后,都出来遛狗!"

养狗,一要有钱。狗要吃猪肝,要吃牛肉。二要有闲工夫,要抱它,要跟它玩,让它舔,亲。

工人养狗,这说明什么?这说明烟厂兴旺,工人富裕了。我没有数字观念,对玉烟的产值、利税,工人的工资福利,全都记不住。但我有形象观念,我觉得工人遛狗,很能"说明问题"。

我忽然想起契诃夫的小说《带狗的女人》。当然,中国的女工和俄罗斯的淑女完全不同,但是我觉得中国的女工会逐渐形成像契诃夫笔下的少妇的那份优雅。

两点建议

一、建一座烟草博物馆。茶、酒都是一种文化,烟也应该算是文化。茶有博物馆,杭州西湖的茶博物馆规模相当大,有研究茶的历史、种植和品茶的专家。酒有没有博物馆,未详,想当有。烟也应该有博物馆。有文献,有实物。中国的吸烟大概从明朝开始,关于水烟旱烟的文字资料不多,但在笔记、通俗演义小说中可以搜罗到一些。关于鼻烟,清代就有一些专著,如赵之谦的《鼻烟谱》,是不难找到的。实物有烟叶、烟具。重要的卷烟、旱烟、四川的金堂叶子、鄂温克人的香蒿熏烟、兰州的皮丝烟……都可陈列。烟具有多种。旱烟袋、水烟袋、云南的烟筒……现在虽然少了,但搜集起来不难。有关外国的资料也可以陈列一些,如哈瓦那的雪茄、土耳其人吸用的长管烟壶、黑人的嚼烟……

设立烟草博物馆可以培养职工对于烟的知识和感情,

更重要的是可以增加一点玉溪烟厂的文化色彩。有远客来，可以作为玉烟的一个景点。这花不了多少钱，这点开销在玉烟实在算不了什么。

二、办一所烟草科技学校。可聘请烟草研究专家讲授有关的理论、知识，请有经验的老工人传授制烟工艺。这样可以充实本厂技工后备力量，还可以向其他烟厂输出人才。厂里已建了一所规模宏大的科技楼，师资、校舍都容易解决。企业办校，也是振兴教育的一条途径。玉烟厂领导以为如何？

诗 谶

今年夏天曾为褚时健同志画过一张画，画相当大，是一张四尺宣纸横幅，画的是紫藤，酣畅饱满。一边留有余地，题了一首诗：

璎珞随风一院香，
紫云到地日偏长。
倘能许我闲闲坐，
不作天南烟草王。

原意是觉得褚的工作生活过于紧张，画博一笑，希望他活得轻松一点。一时戏言，不料竟成谶语。

很想和褚时健同志见一面，哪怕只是招招手，笑一笑。然而竟无此缘。参观了高大敞亮的、世界一流的关索坝车间、卷烟的各道工序、崭新的工人住宅区、一尘不染的科技大楼，觉得处处有他的影子，回荡着他的豪迈的声音。在电视纪录片中，听到他说："企业办好了，我就高兴！"这是一句多么朴素，然而是多么深感情的话呀！

回红塔大酒店，撕下一张记录电话的纸，疾书了四句诗：

　　大刀阔斧十余年，
　　一柱南天岂等闲！
　　自古英雄多自用，
　　故人何处讯平安？

　　　　　　　　　　　　一九九七年一月十六日　北京

四　僧

游峨眉，遇四僧。

宿洪椿坪寺，来了两个外方的和尚。一个稍瘦，一个粗壮而黑。他们和寺僧谈好了食宿，上楼安顿。不一会，发现他们在后殿拜佛。拜下去，起来，再拜下去。这样要拜一百零八拜。这样的拜法，是要一点体力的。若叫我拜一百零八拜，非得脑充血不可。正拜着，黑和尚忽然起来，飞奔出殿。原来他内急了。到厕所里轻松一下，回来接着拜。

我们之中有人上楼和他们攀谈，得知他们是从五台山来的。他们发愿要朝四大名山。他们每个月有二十多块钱

---

* 初刊于一九八七年十二月九日香港《大公报》，初收于人民文学版《汪曾祺全集》第五卷。

生活费，都省了下来，积攒了十几年，攒够了路费。四大名山是五台、普陀、峨眉和九华山，各为文殊、观音、普贤和地藏的道场。五台山是他们的本山，不必说。他们已经朝了普陀，在峨眉山已经拜了几处佛寺，明天就要下山了。接着，便要到安徽朝九华山。瘦和尚是河北人，家道小康，和妻子很恩爱。妻子死了，他万念俱灰，到处游逛，到五台山，出了家。黑胖和尚是五台本地人。

他们说他们在普陀看见观音显相了，善财、龙女，清清楚楚。昨天，他们从金顶下来时，又看见了普贤的法相。瘦和尚先看见的。黑壮和尚起先没看到，心里很急，后来也看到了。不过瘦和尚还看到普贤前面有飞天舞女，黑壮和尚说他没有看到，自愧诚修不如瘦和尚。瘦和尚是有文化的，说："我们是唯心主义者，你们是唯物主义，说这些，你们不会相信。"

天热，晚饭后，住在寺里的游客坐在大殿前廊上凉快。有一个本寺的和尚也坐在长凳上。这和尚四十多岁了。但看起来很少相。他穿了僧衣，把一只脚从黄色的僧鞋里脱出来，脚上穿的却是葡萄灰色的尼龙丝袜。他架着二郎腿，把一只穿了葡萄灰丝袜的脚很风流地轻轻地抖动着。这坐态实在不大像个出家人。我们谈起那两个外来的和尚拜了一百零八拜，他说："那有什么！我们到了人家那里，还不是得拜！"我们问他为什么要拜一百零八拜，他说："那晓得咧！佛教的数目，常常是一百零八。我们用的数珠，也是一百零八颗。"有个冒冒失失的小伙子问："你吃不吃肉？"他很坦率地说："肉还是要吃的！"——"吃不吃酒？"——"酒还是要喝的！——'文化大革命'，我们都被赶出去了。回家，还了俗了。后来，就不管那些了！"听口音，他就是山下的人。

从三峡出川，在武汉到北京的火车上，对面卧铺上又是一个和尚。这位和尚穿了干干净净的茶褐色的尼龙丝短僧衣，——他告诉我们这叫"罗汉衫"，一看就是个有地位的和尚。和尚而坐卧铺，自然"不简单"。那两位朝四大名山的五台山僧是绝对舍不得坐卧铺的。他是汉阳某寺的方丈。到北京，是去参加佛教协会理事会的。讨论的内容是：今后各地寺庙归谁管。现在有三种情况：归文物局、归园林局、归和尚管。现在大部分意见是：归和尚管。他认为当然应该由和尚管。和尚管寺庙有一套经验，别人管管不好！这位方丈和尚是有学问的，他曾经在重庆、桂林，住了三次佛学院。我问他"三藐三菩提"是什么意思（我的小说《受戒》里用了这句），他说："这是译音，不能照字面讲。"我们谈起在峨眉山遇见两个五台山僧人，他们说看见了观音和普贤的法相了，有没有这种事；方丈说:"那晓得咧!反正我是没有看到过!"我忽然想起,这位方丈我好像曾经见过。"你见过我?什么时候?"——"'文化大革命'后期。"——"那可能。"——"你的庙宇、佛像,都保存得很好,没有遭到破坏。"这一下引起了他的兴头:"那是!几派红卫兵都曾经'进驻'我的寺院,就是没有破坏!"——"你有什么本事?"——"我跟他们搞好关系呀!我说宗教是宗教,庙宇、佛像是国家文物。"——"你有没有说佛教是迷信?"——"那就过分了!"他带了一些素鸡,说"这是本寺做的"(我知道这寺里的素斋很有名)。车里热,怕坏了。我们给他出主意,拿到餐车,请他们放在冰箱里。他去了,一会就办妥了。这位方丈人情练达,长于应酬,言谈得体,而眼角时时流露出一点狡黠。这些素鸡他是带到北京送人的,就是说,去"搞关系"的。

这四个和尚:五台山的两个,自求多福,是和尚里的庸人;洪椿坪的和尚身在空门不出家,是和尚里的浪子;那位方丈,是穿了僧衣的国家干部。

和尚也是各色各样的。

月 亮

她叫林靓月。

"靓"字广东人读音近"亮",温州则读如"见"。说不清她是导游还是泽雅宾馆的服务员,"泽雅"的领导把我交给她,让她照顾。她照顾得很周到。这一带山路她非常熟悉,遇有一点高低不平,她就伸手搀着我,很体贴。她叫靓月,我叫她月亮。

她告诉我,她读过初中,没有再升学,因为她下面还有两个弟弟,父亲要培养两个弟弟,就让她停了学。她哭了三天,后来就打起精神生活。她家在对面山上,她指给我看,在一片竹林里。她父亲开了一个小饭馆,她有空还

---

* 初刊于一九九六年二月六日《钱江晚报》,初收于人民文学版《汪曾祺全集》第六卷。

要回去帮父亲张罗张罗,一天往来两山之间好几次,连蹿带跳,像一头小鹿。

我在宾馆里给人写字,我给她写了一张小条幅:"家居绿竹丛中,人在明月光里。"她让我给她父亲的饭馆写一个招牌,写四个字:"春来酒家"。她知道我写过《沙家浜》。写得了,她非常高兴,立刻就卷起来给她父亲看去了。

月亮长得很好看,在温州姑娘中也可说是出类拔萃的。身材高高的,苗条而矫健。两条长长的腿。眉毛弯弯的,眼睛清澈,显得很聪明。虽然整天吹着山风,皮色还极细嫩。

温州的女孩子多是这样。皮色白净,矫健苗条。温州姑娘有一个特点:走路比较快。从她们的生态中,让人感到她们都有明确的生活目标,她们要尽快赶到这个目标。一个地方的少女的脚步,最能显出这地方的生活节奏。她们忙忙地度过一天,到了晚上才松弛下来,坐在大排档的小案上,悠闲地品尝着生猛海鲜。也许一边吃着海鲜,一边还盘算着明天干什么。这就是温州姑娘——温州人。

后 台

道 具 树

我躺在道具树下面看书。

道具树不是树,只是木板、稻草、麻袋、帆布钉出来的,刷了颜色,很粗糙。但是搬到台上,打了灯光,就像是一棵树了。

道具树不是树。然而我觉得它是树,是一棵真的树。树下面有新鲜的空气流动。

我躺在道具树下面看书,看弗吉尼亚·伍尔芙的《果园里》。

---

* 初刊于《江南》一九九三年第二期,初收于北师大版《汪曾祺全集》第五卷。

凝 视

她愿意我给她化妆,愿意我凝视她的脸。我每天给她化妆,把她的脸看得很熟了。我给她打了底彩,揉了胭脂,描了眉(描眉时得屏住气,否则就会画得一边高一边低,——我把她的眉梢画得稍为扬起一点),勾了眼线,涂了口红(用小指尖抹匀),在下唇下淡淡地加了一点阴影。

在我给她化妆的时候,在我长久地凝视她的脸的时候,她很乖。

大 姐

大姐是管服装的。她并不喜欢演戏,她可以说是一个毫无浪漫主义气质的人。她来管服装只是因为人好,有一副热心肠,愿意帮助人。她管服装很尽职,有条有理。她总是带了一个提包到后台来,包里是剪刀、刷子、熨斗……她胸前总是别着几根带着线头的针。哪件服装绽了线,就缝几针。她倾听着台上的戏,下一场谁该换什么服装了,就准备好放在顺手的地方。大家都很尊敬她,都叫她大姐。

大姐是个好人。她愿意陪人上街买衣料,买皮鞋。也愿意陪人去吃一碗米线。她给人传递情书。一对情人闹别扭了,她去劝解。学校什么社团在阳宗海举办夏令营,她去管伙食。

鄮

鄮是个半职业演员。她的身世很复杂。她是清末民初一个大名士的孙女。她的父亲是姨太太生的,她也是姨太太生的。她父亲曾经在海防当过领事。她在北京读了一年大学,就休学做了演员……她爱跟人谈她的曲折的身世,有些话似乎不太可信。她是个情绪型的人,容易激动,说话表情丰富,手势很多,似乎随时都是在演戏。她不知怎么到了昆明。她很会演戏。《雷雨》里的鲁妈、《原野》里的焦大妈都演得很好。但是昆明演话剧的机会不是很多,不知道她是靠什么生活的。

她和一个经济系四年级的大学生同居了一个时期。这个大学生跑仰光,跑腊戍,倒卖尼龙丝袜、PONO'S 口红,有几个钱。鄮把他们的房间布置得很别致。藤编的凉帽翻过来当灯罩，云南绿釉陶罐里插着大把的康乃馨，墙上挂着很大的克拉克·盖博和蓓蒂·黛维斯的照片，没有椅子凳子，客人来了坐在草蒲团上，地下没有地毯，铺了一地松毛。

有一天，经济系大学生到后台来，鄢忽然当着很多人，扬起手来打了大学生一个很响亮的耳光。大学生被别的演员劝走了。鄢在化妆室里又哭又闹，说是大学生欺负了她。正哭得不可开交，剧务来催场："鄢！该你上了！"鄢立刻不哭了，稍微整了整妆，扑了一点粉，上场，立刻进了角色，好像刚才什么事也没有发生。真奇怪，她哭成那样，脸上的妆并没有花了。

黑 妞

大家都叫她黑妞。她长得黑黑的，眼睛很大，很亮，看起来有点野，但实际上很温顺，性格朴素。她爱睁大了眼睛听人说话。她和我不一样。我是个吊儿郎当的人，写一些虚无缥缈的诗。她在学校参加进步的学生社团，参加歌咏队，参加纪念"一二·九"运动的大会。我演戏，只是为了好玩，为艺术而艺术；她参加演戏，是一种进步活动,当然也是为了玩。我们演的都不是重要的角色,最后一场没有戏,卸了妆,就提前离开剧场。从舞台的侧门下来到剧场门口,要经过一个狭狭的巷子,只有一点路灯的余光,很暗。她伸出手来拉住我的手。我很高兴。我知道她很喜欢我。以后每次退出舞台,她都在巷口等我,很默契。我们一直手拉着手,走完狭巷,到剧场大门,分手。仅此而已。我们并没有吻一下。我还从来没有吻过人。她大概也没有。

十多年以后,我到一个中学去做报告,讲鲁迅,见到了她。她在这个中学教语文,来听我的报告。见面,都还认得。她还是那样,眼睛还很大,只是,不那样亮了。她神情有点忧郁,我觉得她这十多年的生活大概经历了不少坎坷。

一九九二年十月十九日

秘 书

某首长,爱讲话,而常信马由缰,不知所云。

首长对年轻干部讲学习,说:"要学习嘛,要虚心嘛,要虚心学习嘛。要拜老师嘛。不管你有多大本事,也要有老师嘛。毛主席也有老师嘛。毛主席的老师是谁?林则徐嘛!"

林则徐怎会是毛主席的老师呢?——哦,是林伯渠!

他的战友劝他,以后讲话,最好请秘书写个稿。首长觉得很对。

他讲国际形势,秘书在讲稿上写道:"国际形势一片大好,不是小好。"写到"不是",恰到了一页的最后几个字,就加了一个括弧:(接下页),首长照实念了出来:"国

---

* 初刊时间、初刊处未详,初收于北师大版《汪曾祺全集》第六卷。

际形势一片大好不是,接下页,小好!"

他讲阶级斗争的重要性,秘书的稿子上写的是"千万不要忘记阶级斗争",他念成"千万忘记阶级斗争",秘书在旁边提醒:"不要!不要!"他赶快纠正:"千万不要阶级斗争"。秘书叹了一口气:"唉!乱了套了!"——"乱了套了!"

"文化大革命"期间时兴在讲话前面引用两句毛主席诗词。他又要讲话,叫秘书赶快写一个讲稿。秘书首先引用两句诗词:"四海翻腾云水怒,五洲震荡风雷激。"因为手里正在急事,未写全文,在"四海翻腾"和"五洲震荡"下面各点了三个点,以为这两句家喻户晓,谁都知道,不会有错。讲稿上是这样写的:

四海翻腾……

五洲震荡……

首长拿起稿子就念:

四海翻腾腾腾腾,

五洲震荡荡荡荡。

记　梦

一

三只兔子住在兔圈里。他们说:"咱们写小说吧。"

两只兔子把一只兔子托起来扔起来,像体操技巧表演"扔人"那样扔起来,这只兔子向兔圈外面看了一眼,在空中翻了一个跟头,落地了。

他们轮流扔。三个人都向兔圈外面看了。

他们就写小说。

小说写成了,出版了。

---

* 初刊于《大家》一九九八年第二期,初收于北师大版《汪曾祺全集》第六卷。

二

在昆明,连日给人写字。

做了一个梦。写了一副对联,隶书的。一转脸,看见一个人,趴在地上,用毛笔把我写的字的飞白地方都填实了,把"蚕头"、"燕尾"都描得整整齐齐的,字变得很黑。

醒来告诉燕祥,燕祥说:此人是一个编辑。

我们同行者之中,有几位是当编辑的。

三

梦中到了一个地方。这地方叫佳集龘,有一张木刻的旧地图上有这三个字。地图纸色发黄。当地人念成"符集集"。梦里想:"佳"字怎么能读成"符"呢?且想:名从主人,随他们吧。

这地方有一条河,河上有一座灰色的桥。河水颇大。

醒来,想:怎么会做了这样一个梦呢?又想:这可以用在一篇小说里,作为一个古镇的地名。

把这个梦记在一张旧画上,寄与德熙。

记 梦

四

　　马路对面卖西瓜的棚子里有一条狗,夜里常叫,叫起来没完,每一次时间很长,声音很难听,鬼哭狼嚎,不像狗叫。我夜里常被它叫醒。今天夜里,叫的次数特多,醒来后,很久睡不着。真难听。睡着了,净做怪梦。

　　梦见毕加索。毕加索画了很多画。起初画得很美,也好懂。后来画的,却像狗叫。

　　晨醒,想:恨不与此人同时,——同地。

汪先生热爱的人间

一九八七年,六十七岁的汪曾祺坐在美国爱荷华河边长椅上,饶有兴致地看一对年轻人接吻,费了他三根烟的工夫。豆瓣上有好事者算了一下三支烟接着抽也要六到十五分钟。他在文章里写道:"这样的吻简直像是做游戏。这样完全没有色情、放荡意味的接吻,我还从未见过。"我初读这几句话时,有苍蝇搓搓小手一般的新鲜惊喜。

为什么汪先生都是一个名副其实的老头儿了,还对接吻之事念念不忘?他自许为"生活现象的美食家",接吻当然是"美食"之一。汪先生晚年身体日衰,曾在文章里感叹"活着多好啊",活着可以看人,看生活中的各种细节,可以体会永不厌倦的人间情味。

他观察人很仔细,写起来很干净,不粘滞,剔除了俗技之后,有一种"男要刚强女要烈"的饱满元气。明亮,不怨,不脏,不咸,无论年龄。

最重要的是,他脱了"腔"。所以一看到"士大夫"之类的帽子硬戴在汪曾祺头上,我就想,不知道当下国人对于"士"到底有多大的误解,对汪曾祺有多大的误读,仿佛他很程朱,实际上他完全不"士"更不"大夫",他很李贽很袁枚。

他写城隍,幼年时曾被带进城隍庙"借寿"给别人,他家乡的土地神叫张巡,灶王爷原来就是张三,八仙是八人小组,水母娘娘是个娇俏聪明能干的小媳妇;彩塑罗汉队伍里表达出了生活气息;即使本质上是"神道设教",汪曾祺这些记录宗教、神话、传说又结合了戏曲与各地方生活特点以及高邮民间影响的随笔里,无不透露出他的观点来,——这就是中国人之为中国人的宗教信仰、生活理想、道德秩序、民族心理、民间智慧、审美结构,他赞赏、同情这些思想统治体系里老百姓阶层难得的跳脱、活泼、无奈与就地取材的幽默感。

他怀古人,落魄的建文帝、"议大礼"而遭流放的杨慎、发疯杀妻的徐文长、留遗嘱的林则徐之女。他写"反面人物",也点出了人性的复杂,远如贾似道,近如于会泳。

他念师友、评同道，吴雨僧、端木蕻良、赵树理、裘盛戎、贾平凹、铁凝，各有风姿际遇。他有小得意——老舍说怕端木和汪曾祺，他说"老舍说话有时非常坦率"。他对年轻美好的女孩儿们也一向不掩喜爱赞美之意，大方、坦率。

汪先生笔下，除了这些有名有姓的人物，普通生民也写得光芒四射：采花路人，养蜂人，游方僧，活色生香的大妈们，各有执念的傻子，工具化的二愣子，一〇一站牌边上小屋里做炸酱面、拨鱼儿的闹市闲民，国子监的老董，人到晚年的老佟、老许、老辛……虽然只是"速写"，但线条、骨架、声口都有了，各有面貌，如闻其声。

人生过于曲折漫长和复杂，无数的细节、事件的碎片、过眼的人物可能是负担，也可能是成全。帕慕克曾说过"碎片"的意义——"生命中一切的经历，一切路过或常驻的人，一切看过的风景行过的路，甚至某一幅画，都在某种程度上决定了我们会成为怎样的人，也决定了作家将写出什么样的作品"。沈从文用一支笔建造了一座审美的"希腊小庙"，"里面供奉了人性"。汪曾祺用一支笔，创造了一座"纯真博物馆"。这本文字速写集，不怎么经营故事，几乎只有线条，但无论神仙圣贤，还是凡夫俗子，都弥漫着浓浓的"汪味"——抒情的人道主义者一以贯之的味道。

宋丽丽

二〇二〇年七月七日

图书在版编目（CIP）数据

人寰速写 / 汪曾祺著 . —杭州：浙江文艺出版社，2020.12
（汪曾祺别集）
ISBN 978-7-5339-6254-8

Ⅰ.①人… Ⅱ.①汪… Ⅲ.①散文集－中国－当代 Ⅳ.① I267

中国版本图书馆 CIP 数据核字 (2020) 第 197302 号

人寰速写　　汪曾祺　著

出版策划	星汉文章　读蜜传媒				
出版统筹	金马洛	选题策划	李建新	责任编辑	余文军
装帧设计	生生书房	排版制作	胡亚超	责任印制	张丽敏

出版发行　浙江文艺出版社
网　　址　www.zjwycbs.cn
联系电话　0571-85152727（发行部）
经　　销　浙江省新华书店集团有限公司
印　　刷　浙江新华数码印务有限公司
开　　本　787 毫米 ×1092 毫米　1/32　　字　　数　126 千字
印　　张　7.5　　　　　　　　　　　　　插　　页　4
版　　次　2020 年 12 月第 1 版
印　　次　2020 年 12 月第 1 次印刷
书　　号　ISBN 978-7-5339-6254-8
定　　价　28.00 元

版权所有　违者必究

（如有印装质量问题，请寄承印单位调换）